講談社文庫

幻想蒸気船

堀川アサコ

講談社

幻想蒸気船　目次

幻想蒸気船

1　ツムギ、浦島汽船に就職する

ツムギは茫然としていた。

母と暮らしていた2LDKの部屋は、空き箱のように虚ろで、静まり返っていた。四十九日を終えて初めて、母の由衣が骨壺に納まってしまうほど、小さくなり、もはや体温もなく、笑いもしゃべりもせず、存在そのものが思い出になってしまったことを実感した。

緩慢なショックで、ツムギは腰が抜けている。

あの日の朝――いつものように冗談をいい合いながら、二人でそれぞれの職場に向かった。

母は外回りの仕事を片付け、職場の打ち合わせに間に合うように急いでタクシーに乗り、そのまま逝ってしまった。心臓発作だったそうだ。

母が息を引き取ったと連絡を受けた瞬間から、目が回るように忙しかった。身内の葬儀など、ひとつも勝手がわからない。ツムギは人の死に立ち会うにはまだ若すぎたし、そもそも身内は母のほかは誰も居なかった。そのことに、疑問など持ったことがなかった。喪主（もしゅ）となり、天涯孤独となったとき、何を迷い悩めばいいのかすら、わからなかった。

「やれやれだ」

四十九日が経てば、死者は生まれ変わるのだという。

おかあさんもきっと、やれやれといっていることだと思う。

「で」

お骨をどうしよう。

中島（なかじま）家には、墓がなかった。

ツムギが幼い時分に亡くなった父の骨は、お寺の納骨堂にある。

母は元気だったとき、「やっぱりさあ、人間、死んだからにはお墓に入らないとねー」などといっていた。そのときは、とことん長生きするつもりで、それまでに何とかお墓を買えるくらいお金を貯める予定だったらしい。

それを思うと、娘としては、この骨をお墓におさめてやりたい。しかし、すぐにお墓を買えるだけの蓄え（たくわ）なんてないのである。一人暮らしになった以上、もっと小さな部屋に引っ越さねばならないかも……と思っているくらいだ。

「どうしようねえ」

さっきからツムギがぼそぼそつぶやいているのは、実は話し相手が部屋に居るからだった。

ひとりぼっちの部屋の中に。

それは、幽霊？　死んだ母の霊？

そうではない。

ツムギは幼いときから、妖怪に取り憑かれていた。妖怪というと、いかにも無知蒙昧（むちもうまい）な感じがするから、ツムギはそれを自分だけの妄想だと考えてきた。

妄想として存在しているのは、赤殿中（あかでんちゅう）という名の子ダヌキである。

今は本棚の上に乗っかって、ツムギのことを見ている。

赤殿中は、ツムギのほかには誰にも見えず（母には見えているような気がすることもあったが）、ぺちゃくちゃしゃべり、四六時中ツムギのそばから離れない。幼稚園にも学校にもついて来た、修学旅行にもデートにもついて来た、そして大人になったら職場にまでついて来る。

「お墓の前で泣くなって、歌の歌詞にもあるネ」

赤殿中はボーイソプラノみたいな可愛い声でいう。ツムギはその歌を思い出して、ふんふんと鼻歌を歌った。

「お墓をつくる習慣のない国だって、たくさんあるんだヨ」

「そうなの？」

二人きり（つまり、一人きり）のときは、赤殿中はよくしゃべる。

「亡くなった人は、とっとと成仏して、とっとと生まれ変わるからネ。お墓のことなんか、気にするなイ。——あ！」

赤殿中は、ツムギの肩に飛び乗った。

「誰か、来るヨ」

「え？」

母の生前から、ここを訪れるのは、勧誘とセールスと町内会費の集金くらいだ。

ドアホンが鳴った。

どうせ、勧誘かセールスか町内会費の集金だろう。

そう思って玄関まで行き、ドアを閉ざしたまま、心持ち不愛想な声で応じた。

「どなたですか」

——奇妙島（きみようじま）から参りました、三五兵衛（さごべえ）と申します。

「はい？」
奇妙島の三五兵衛と、声は繰り返す。低くて落ち着いた男性の声だった。
——ご島主であり、伯母御さまのお由良さまから、お悔やみを仰せつかっておりま
す。ならびに、ツムギさまにお伝えいたしたき儀がございます。お由衣さまの御仏前
に、お線香を手向けさせてはいただけませんでしょうか。
三五兵衛という人は、素敵な声でわけのわからないことをいった。
島主——伯母——お由良——？
ツムギさま——お由衣さま——？
母も自分も、銀行の窓口でもないのに、名前に「さま」を付けられるような大人物
ではないことは自覚している。それよりも、この人は伯母といったか？　ツムギには
伯母が居るのか？　島主ってのは何だ？
「あの……」
ともあれ、線香を手向けたいという言葉は、無視できなかった。
頭に「？」をたくさん付けて、おずおずと開けたドアの向こうには、執事が居た。
テレビドラマでみるような、大きなお屋敷なんかを取り仕切る、あの執事だ。夏だ
というのにモーニングコートを着こなした、痩身の中年男性である。亡くなった母と

同世代に見えた。

「母のお知り合いですか？」

「はい、幼き時分より」

三五兵衛と名乗った執事みたいな男は、実に沈痛な面持ちで、しかしツムギの顔を見ると、悲しそうにほほえんだ。父が生き返って納骨堂から出て来たら、こんな顔をするんじゃないかという、悲嘆と慈愛に満ちた面持ちだった。

「お大変でしたね」

三五兵衛がそういったとき、ツムギはまったく不意に、下瞼が熱くなって、鼻の奥が痛くなって、息が詰まった。

「あの……」

そうだった。

運動会にご馳走を作って来てくれた母は、もういないのだ。ツムギとペアルックを着るのだと張り切って、ダサいセーターを編んだ母はもう居ないのだ。いっしょに小田和正のコンサートに行った母は――あんなに喜んでいた母は、もう居ないのだ。

もう居ない母の面影が洪水のように浮かび、消え、浮かび、消え、一瞬前には思ってもみなかったことには――執事のような三五兵衛の胸にかじりついて、ツムギは声を出して泣いた。まったく、われながら突拍子もないことだった。

「よし、よし」

突拍子もない事態に直面した三五兵衛は、慈父のようにツムギの頭を撫でた。

赤殿中が、ツムギの足元に来て抗議するようにジーンズの裾をひっぱっている。それで、われに返った。

「す――すみません」

「わたしには、遠慮などしなくていいのですよ」

「いえ、いえ、いえ」

ツムギが両手で顔を拭うと、三五兵衛はハンカチを差し出してくる。きっちりとアイロンがかかった、白いハンカチだ。自分のような頓馬な娘が、こんなに立派なハンカチで顔なんか拭いたらバチが当たりそうな気がして、厚意を辞退する。急いで、下駄箱の上の箱ティッシュを、プシップシッと引っ張り出した。

「あ、そうだ。お線香でしたね。どうぞ、あの、どうぞ」

「ご無礼仕ります」

三五兵衛は時代劇の登場人物みたいないい方をして、部屋にあがった。

せまい玄関はせまい台所と直結していて、テーブルの上にはお惣菜の容器を置いたままにしてある。それが、ちょっと恥ずかしい。

「お由衣さま……」

三五兵衛は、ミッキーマウスの付いた小さなフレームに納まった母の遺影を、しみじみと見た。そして、まったく思いがけないことに、最前のツムギみたいに声を殺して泣きだした。

＊

正座したツムギのひざに、赤殿中が乗っている。

三五兵衛はスーパーの特売で買った煎茶を美味(うま)そうにすすり、ほうっと息をついた。

「取り乱してしまい、申し訳ありませんでした。あまりに、お懐かしく、おいたわしく」

知り合いというのは、本当みたいだ。

それにしても、島主とか伯母とかいっていたが——、ツムギや母の名前に「さま」なんて付けて呼ぶが——、それはいったいどういうことなのだ。

という問いを、口ごもるツムギの代わりに赤殿中が発した。赤殿中が、ツムギ以外の人間に話しかけるなど、初めてのことである。丸い腹を突き出したその態度は、少なからず無礼だった。

「おい、答えろヨ！　どういうことなんだヨ！」

子ダヌキだし、何をしても可愛いだけだし、そもそも相手には見えていないはずだし、まあいいかと思っていたら、三五兵衛は「おや」といって赤殿中を見やった。

「赤殿中ですね。奇妙島から付いて来たのですな」

「この子が見えてるんですか？」

赤殿中はツムギの妄想だ。それが見えているなんて、ただごとではない。

いや、タヌキが人語を話しているのである。もっと驚いてしかるべきではないか。

それなのに、この人は「赤殿中」という名まで知っているとは——。

驚くべきか、警戒するべきか決めかねておたおたするツムギに、三五兵衛は居住まいを正してうなずいて見せた。

「最初から、お話しいたしましょう」

そして、三五兵衛は摩訶不思議（まかふしぎ）な話を始めたのである。

＊

「奇妙島という島がございます」

三五兵衛は唐突なことをいう。

「この浦島湾の沖に浮かぶ孤島です」

面積約二百平方キロ、総人口二五、三七八人。

そこまでは「そうですか」と黙って聞いた。地理に詳しくないツムギは、そんな島が地図に載っていないことなど、指摘のしようがなかったのである。

しかし、続く言葉には眉をひそめた。

「奇妙島は、この世とあの世を結ぶ海域にあります」

「はい？」

「奇妙島とは、現代の日本において唯一、鎖国を続けている土地なのです」

「鎖国？」

鎖国とは、江戸時代の日本がやっていたアレだ。貿易や海外交流を厳しく制限し、国の中に閉じこもって暮らすこと。

江戸時代の終わりごろ、ペリーというアメリカ人が蒸気船で江戸湾に入り、すったもんだの後に鎖国をやめたのだと、授業で習った気がする。

「ツムギは、歴史の時間はノートの後ろに漫画を描いてたからネ」

赤殿中が、ツムギの劣等生ぶりを回想する。

確かに、ツムギは優秀な生徒ではなかった。だからといって、いまだに鎖国を続けている島があるなんて、素直に聞き流すほどおバカではない。

「ところが、実際に鎖国は続いているのです」

「えー、なんでー？」

結局のところ、ツムギは頭が悪そうな訊き方をして笑い出した。

赤殿中も甲高く笑った。

しかし、三五兵衛は真顔である。

この人が、「さごべえ」なんて江戸時代みたいな名前なのは、鎖国して昔の習慣が続いているためなのか。

「このグローバル化が進む時代に、鎖国を続けるのは並大抵のことではありません。だからこそ、奇妙島は現世と彼岸の境界にひっそりと存在しているのです」

「でもぉ」

三五兵衛がなかなか「なんちゃって」といってくれないので、ツムギはどんな顔をしていいのかわからなくなる。

「どうして、鎖国してるんですか？」

江戸末期、日本中が開国したのだから、その流れに乗る方が自然である。三五兵衛自身もいったように、このグローバル化の進んだ時代に、鎖国を続けているなんて大変なことだ。そのためにあの世の近くに存在しているなんて——何のための鎖国なのか。

「奇妙島は、極楽浄土から神秘の文書をさずかる、霊験の島なのです」

「はあ……」

「それには、人間の前世、現世、来世のことが記されています」

「はあ……」

ツムギは人差し指の先で、頬をガリガリ掻いた。

この立派な身なりのおじさんは、真面目な顔をしてアニメとかの話をしているんだろうか？　それとも不思議な薬なんかを使って、幻覚を見てしまっているんだろうか。ものすごく紳士的だけど、急に暴れ出したりしたらどうしよう。そんな得体の知れない人が、こちらの名前を知り、母のことも知り、家に訪ねて来たなんて、いささか怖い。いや、かなり怖い。

「どうして、奇妙島にその神秘の文書ってのが来るんでしょう？」

話を合わせた方が無難だと思い、質問などしてみる。

きっとまたすごい答えが返ってくるのだろうと思ったが、案に相違して、三五兵衛は申し訳なさそうに首を傾げた。

「それは、だれにもわからないのです」

「わからないって……」

ツムギは呆れる。そして、三五兵衛は続ける。

「開国によって俗化したが最後、神秘の書はもはや下生しないかもしれない」

「下生？」

「神仏が天から下ることだヨネ」

赤殿中が、お利口さんな口調で説明した。

三五兵衛はそれを受けて、首肯する。

「いかにも。あれを授かるのは、奇跡と呼んでも大袈裟ではありません。その奇跡は、毎年起きるのです。奇跡は繰り返し起きれば、慣れてしまうものです。しかし、有難いと思う気持ちが減ることはありません。それが奇跡であることも、やはり変りがありません」

「はあ、そういうもんですかね」

ツムギは、いかにも気持ちのこもらないあいづちを打った。それで、その奇妙島という変な島が、どうしたというのだ。ツムギが不審そうにするので、三五兵衛は心得顔で話題を転じた。

「ツムギさまのご両親は、奇妙島のご出身でいらっしゃいます」

「ええ？」

さすがに、びっくりした。

部屋に上げてしまった変なおじさんが、その変な話にツムギのことも結び付けようとするのである。ツムギは警戒し、そして気持ちの隅ではちょっと面白がった。

（ていうか）

ツムギには祖父母が居ない、親戚が居ない。その理由として、両親がこの世ともいえぬ島の出身だからだとしたら、納得できないか？

（いくらなんでも、うちの親に限ってそんな変なこと）

ツムギの気持ちを読むように、三五兵衛はこちらをじっと見た。

「ツムギさまのお母上はお由衣さま、おとっつぁんは正助さん」

「そうですけど」

確かに、ツムギの両親の名は中島正助と由衣である。

その父と母の扱いに、あからさまな格差を聞き分けて、ツムギは目をぱちくりさせた。

お母上に、おとっつぁん。お由衣さまに、正助さん。

そのわけは、三五兵衛が母を慕い、なおかつ父をよく思っていないせいだった。

「お由衣さまは、ご島主さまの妹さまであらせられます」

三五兵衛は島主本家の大番頭であり、「小僧さん」と呼ばれた少年時代から仕えてきた。

ツムギの母はそのすごい家の末娘で、三五兵衛にとって忠義をもって仕えてきた一族の一人だった。

片や、父はそんな母の駆け落ち相手だという。

「駆け落ちって……そんなロマンチックな」

若死にしてしまった父に関する記憶はあまりないが、休みの日などは一日中パジャマで居て、母が大好きな小田和正の曲を聴いてうっとりしているかたわらでおならなんかして、叱られているような人だった。父にしても、母にしても、そんな情熱的ないきさつで夫婦になった人たちだとは、とてもじゃないが思えない。

父は、ツムギが小学校に入学する前年、交通事故で亡くなった。

三五兵衛がいうとおり、母がそんなすごい家の娘なんだったら、父が亡くなったときにどうして奇妙島に帰らなかったのだろう。駆け落ちしてきたという話を信じるか信じないかは別にして——、頼れる身内もなく、ろくすっぽ蓄えのない若い寡婦が、働きながら娘を育てるのには大変な苦労があったはずだ。

自分の身に置き換えて、母の気持ちを想像してみた。

あの世に近い鎖国の島になんか帰りたいか？

正直なところ、帰りたくない。鎖国の島じゃ、小田さんの歌も聴けまい。

だけど、これから学校に入学する子どもを抱えて、一人で生きていけるのか？

自分だったら、それほどの苦労に立ち向かうなど、絶対に無理だ。

さりとて父と母は、家族に認めてもらえないから、逃げて来たわけだ。駆け落ちの相手が死んだからといって、簡単に帰ることができるだろうか？

「ツムギさま、一度、奇妙島へおいでなさいませ」

「え？」

「ご島主さまが、会いたがっていらっしゃいます」

「伯母さんが？」

そういった時点で、奇妙島に関する奇妙な話を事実と認めたということに、ツムギ自身は気付いていない。

母が帰らなかったという故郷に行くのは、当然ながら気が乗らなかった。しかし、そこに伯母や親戚が居るというのは、嬉しいことだ。

「ご島主ン家には、お墓もあるんだよネ」

赤殿中がくりくりした目で三五兵衛を見る。

三五兵衛は、さっきみたいに泣きそうな顔になり、しかし笑った。

「奇妙島には、ご島主本家の立派なお墓がございますよ。江戸の将軍さまにも負けない、それは立派なお墓です」

「そっかあ、お墓に入れてあげられるのか」

畳の目に視線を落とし、ツムギはぼんやりといった。

でも、母だけをその立派なお墓に埋葬したら、休日はパジャマを着替えもせず居間でおならをして叱られていた父はどうなるのだろう。妹を連れて逃げた正助のことなど、すごくえらい伯母はいっしょに埋葬してはくれない気がする。

そんなことを考えていると、三五兵衛はなんだか楽しそうな顔つきで赤殿中を見ている。

「奇妙島が開国できない理由がもう一つあるのですよ」

「え、そうなんですか」

三五兵衛は期待を持たせるように間をおいて、それからいかにも楽しいことを打ち明けるように、声をひそめた。

「奇妙島には、今でも妖怪がたくさん居るのです。ほら、その赤殿中みたいに」

「妖怪、ですか」

この赤殿中は妖怪なんかではなく、ツムギの妄想だ。なんて、説明するのも面倒くさくなった。伯母さんの存在やお墓の話につられて奇妙島のことを信じかけたが、妖怪なんてものを出してこられては、再び首を傾げないわけにはいかない。

結局、ツムギはこの執事みたいなおじさんのことを、自分より妄想癖の強い人なのだと思うことにした。悪い人ではなさそうだし、わざわざ母に線香を手向けに来てくれたことは、素直に感謝したい。

(でも、これっきりのご縁にしてもらいたいけど)

ツムギは三五兵衛を慇懃(いんぎん)に送り出し、ドアに鍵(かぎ)とチェーンをかけた。

三五兵衛には赤殿中が見え、声も聞こえていたことを、もっと不思議に思わなくてはならなかったのだが、ツムギは混乱していた。混乱しすぎて——全部忘れてしまうことにした。

＊

ツムギの勤め先は、自宅アパートから歩いて三分の距離にある津村（つむら）眼科という小さな診療所だ。エジプトのミイラに見まがうばかりの高齢の先生が院長をしている。ツムギの仕事は、受付と会計の事務だ。

ツムギはドジなので、よく診療報酬の計算をまちがう。なぜか、いつも患者さんから診察料を、十円から三十円ほど少なくもらってしまうのだ。

そんなツムギをクビにするほど、おじいちゃんの津村先生は非情ではない。さりとて、まちがいを放置するほど大雑把（おおざっぱ）でもない。

それで先生は、診察ごとにカルテの後ろに自分で診療報酬の計算を書き込む。ツムギはそのとおりに患者さんからお金をいただくだけでいいので、楽というか、申し訳ないというか、いたたまれない。

「先生、それあたしがしますから。あたしの仕事ですから」

「だって、あんたまちがうでしょ」

先生は、怒るでもなくそう答えるのである。

そんな先生だが、何しろ高齢なので、診察中にふうっと魂（たましい）が抜けたようになってしまうことがある。そんなときは、師長の土田さんが「先生？　先生？」と、魂呼びみたいに先生のことを呼び戻す。それがここの名物みたいになって、患者さんも先生がもどって来るまで、慌てたりせず待っている。

　土田さんは高齢の先生のケアマネジャーのごとき人で、先生がむにゃむにゃ告げた内容を、逐一、患者さんに通訳する。ときに待合室まで来て「先生がいったのは、つまりこういうことです」と解説する役目まで負っている。

　そんな高齢の先生だけど、診断と投薬についての確かさには定評があり、魂が抜けたり、むにゃむにゃいったりしながら処方する薬は、必ず効く。抜群に効く。だから、待合室はいつもそれなりに混んでいる。

　ところが、母の四十九日が明けた月曜日、津村眼科の待合室にも事務室にも診察室にも検査室にも休憩室を兼ねた更衣室にも、異様な空虚さと騒々しさとそれに相反する静けさが満ちていた。

　いつもは早めに来ている患者さんが一人も居なかった。

　いつもはもっと早く来る先生の姿がない。

　師長の土田さんと、若い看護師の水島さんが、慌ただしく院内の片付けをしていた。

「おはようございます。どうしたんですか？」

「中島さん、おはようございます。あのね――」

土田さんがいいかけるかたわらから、水島さんがツムギの両手をつかんで訴えた。

「先生が入院したの。ゆうべ、下血したそうなのよ」

「え」

ツムギは二人の看護師の間に視線を往復させ、言葉にするには大きすぎるショックと疑問に、ただ口をぱくぱくさせた。

「すぐに危ないという状態ではないらしいんだけど」

土田さんがそういったので、ツムギは安堵のあまり、体中に乳酸やら冷や汗やらが充満して腰が抜けそうになった。

「よかった」

だけど、二人の顔色は暗いままだ。

「よくもないのよ」

「奥さんがね、先生もご高齢だから、ここはもう閉院するって――」

「そんな」

昔の映画に出てくる貴婦人だったら、気絶しているところだ。

ツムギは母を亡くして五十日後に、仕事まで失ってしまったのである。

＊

働かねば。仕事を見付けなければ。

このままでは、家賃も払えなくなるし、ごはんも食べられなくなる。

そう思って自分を鼓舞するほどに、逆に気力は失われてゆき、ツムギは一週間を無為に過ごした。味気ないと思っていた安定した日常は、もはや遠い。ツムギには何の落ち度もなかったはずなのに、ひとりぼっちになり、収入まで途絶えた。理不尽だが……日常が壊れるときというのは、きっとこんなふうに間尺に合わないものなのだろう。

（いっそ奇妙島に行ってしまおうか）

そんなことを考えてから、ふっと空しくなる。

この世とあの世の中間海域に浮かぶ鎖国の島。そんな場所が、実際にあるわけがない。

第一、奇妙島の話をしに来た三五兵衛は、あれ以来、音沙汰もなし。三五兵衛がどこに居るのかすらわからない。

（いやいや、奇妙島に住んでいるわけでしょ。大番頭としてさ。……なんちゃって）

奇妙島のことは、いくら考えても、最終的には「なんちゃって」で結ばざるをえない。

買いだめていた文庫本も読みつくし、窓に切り取られた曇り空を見つめていたら、郵便配達のバイクの音が聞こえた。

届いた郵便は、津村眼科からの離職票だった。

「………」

当然ながら、ひどく事務的な書類を、ツムギは茫然と見つめた。先生と二人の看護師と、四人してほんわか過ごした毎日とは、その離職票の素っ気なさはずいぶんとかけ離れていた。

さりとて、これに必要事項を記入してハローワークに持って行けば、雇用保険を受ける手続きができるという。もっとも、お金を給付されるには、新しい仕事を探すというのが条件らしい。

「ツムギ、働かないといかんヨ」

赤殿中が久しぶりにしゃべった。

「わかってる」

ツムギはにぶい頭痛をおさえるように、額に手を当てた。冷たい指先と、どんよりと熱を帯びた額は、互いをありがたく感じ、ツムギは少しだけ元気になった。

「ツムギ、魚肉ソーセージが食べたいナ」

「就職したらね」

「えー」

自転車で向かったハローワークは、とても混んでいた。こんなにたくさんの人が仕事を求めているのなら、こちらには何も回って来ないのではないか。そんな危惧を抱えながら、雇用保険の給付と求職のための登録手続きをした。ものすごく親切な窓口の職員に教わって、専用端末で求人を検索した。

「唖然(あぜん)……だヨ」

赤殿中が口をぱくりと開けている。

求人はツムギの心配に反して数多くあったのだが、それでもツムギが勤められる先は、ただの一件もないのである。

応募資格が、大卒以上とか、短大卒以上。なおかつ、普通運転免許は必須。

高校しか出ていなくてクルマの運転ができないツムギは、浦島市のどの事業所からも必要とされていないということなのか。

胸の奥で「ポキリ」と小さな音がした。心の折れる音だ。

「赤殿中。魚肉ソーセージは、ちょっと待って」

ほかの人には見えない赤殿中につい話しかけてしまい、となりの席に居た人から奇異の目を向けられた。

「す……すみません」

反射的にあやまって、逃げるようにハローワークを後にする。

同じ悩みを抱える沢山の人たちから遠ざかると、わけもなくホッとした。

「あれ、あいつまた来てるヨ」

とぼとぼと逃げ帰った先のアパートのドアの前で、見覚えのある人が待っていた。

「本当だ。ていうか、前に来たのは夢じゃなかったんだね」

ツムギが夢と混同していた人というのは、執事の格好をしたあの三五兵衛である。

庶民的なアパートの外観と、三五兵衛の立派な身なりはとても不釣り合いだった。

三五兵衛が語った奇妙島の話がかもしだす、非現実な感じとそれは通じている。

「こんにちはぁ」

ツムギがなげやりな調子で声をかけると、三五兵衛は白い前歯を見せてにっこりした。仏頂面（ぶっちょうづら）のツムギには、とても寛容な態度に思えた。

「奇妙島にお誘いした件で、お返事をちょうだいしに参りました」

「すみませんけど、今はそれどころじゃないというか」

「どうかなさったのですか？」

「はい、一応、いろいろあって――」

この度は部屋に招き入れることもせず、アパートの外通路に立ったまま、ツムギは失業してしまったことをぶつぶつと説明した。

真面目な顔で聞いていた三五兵衛は、頼もしい感じで大きくうなずく。

「それなら、なおさら一度奇妙島にお渡りなさいませ。ご島主さまには、跡取りがいらっしゃいませぬ。ツムギさまならば、きっとご島主さまのおめがねにかないましょう」

ご島主さまのおめがねって、ハードルが低いんだなあ。ツムギは自虐的な気持ちでそんなことを考える。

しかし、そんな変な島の跡取りになるなど、清水の舞台から何度飛び降りても決心などつくわけがない。

「あたしにだって、都合がありますから」

ツムギは、困ったように答えた。

「心得てございます」

三五兵衛はしつこくいいつのるわけでもなく、相変わらず心が広い感じでほほえんでいる。

「奇妙島には、おいおい慣れていただけばよろしいでしょう。当面の問題は、おあしを稼ぐことなのですな」

「おあし？」

「お金のことだヨ」

赤殿中が短く説明する。

子ダヌキなのに、物知りだ。そんなことをいうと、三五兵衛は「子ダヌキではなく、妖怪です」と繰り返すのだろうが。

＊

三五兵衛といっしょにタクシーに乗った。

仕事を紹介するといわれたのだ。

そろそろお米もなくなるし、家賃の引き落としもある。三五兵衛のことをあやしげな人物ではないのかと疑う気持ちもあったけど、ハローワークで突き付けられた厳しい現実を前に、背に腹はかえられなかった。

「運転手さん、ありがとう。お釣りは結構です」

「おやおや、すみません。ありがとうございます」

鎖国の島から来たといったくせに、三五兵衛はタクシー代を二枚の千円札で支払った。

降りたところは浦島湾の埠頭で、倉庫とか海産物の会社とかが並んでいる。

三五兵衛に先導されて行った先は、二階建ての古めかしいコンクリートの建物で、正面口に『浦島汽船』という看板が出ていた。木の板に筆文字で書いた、年季の入った看板である。

「ささ、こちらです」

「はい」

「こちらで奉公人を募集しているのです」

「ほ……奉公人ですか」

浦島汽船については、ツムギは今日までその存在すら知らなかった。

海沿いの市町村を結ぶ高速フェリーがあるというのは、ローカルニュースで見た気がする。その会社が市内にあることも、こんな殺風景な建物だということも、考えたこともなかった。

　ましてや、あの世との境界に浮かぶ島から来た人に、職場として斡旋されるなど、予想だにしなかったことだ。

「ここで、庶務係を募集しているのです」

「へえ……」

　無人のロビーを横切りながら、三五兵衛はいった。

　外は晴れているから、大きくとられた窓から見える海がきれいだ。

「おお、三五兵衛さんじゃないかね！　こちらに来ていたのか。忙しいことだな、きみも。いや、結構、結構！」

　背後から大声で早口の人に、話しかけられた。振り返ると、小柄で丸っこい体形の、顔かたちまで丸い、せっかちそうなおじさんが立っていた。

「あの――こんにちは」

「ふむ。こんにちは、お嬢さん」

　おじさんは、光沢のある濃灰色のダブルブレストの背広がしっくり似合い、執事の身なりをした三五兵衛に負けないほど、きちんとした人物である。ポテトチップスのキャラクターみたいに立派な口ひげが、左右にピンと伸びている。

「このたびは、奉公人募集のことを知って、参上しました」

「こちらが求人に応募する人かな？」

「何を隠そう、奇妙島ツムギさまでございます」

じゃなくて、中島ツムギですけど。

そう訂正する前に、おじさんが早口で応じる。

「おやおや、奇妙島の？」

おじさんは、キョトキョトした視線で、ツムギの頭の先からつま先までを無遠慮に眺めた。

「よし、採用！」

おじさんは、大声でそう宣言した。

ツムギが呆気（あっけ）にとられるうちに、おじさんはかたわらのドアに消え、つぎの瞬間にはモップを片手に現れた。

「今日から働いてもらうよ！」

そういって、モップを押し付けられた。

この人が、浦島汽船の社長である。

「おや、きみの肩に乗っているのは赤殿中だね。ふむ、さすが奇妙島からきた人だ」

社長は三五兵衛同様、見えないはずの赤殿中を視界に捉えている。奇妙島のことも知っているみたいだ。

(この人は、三五兵衛さんの仲間なんだな)

三五兵衛に勧められるままにここに来てよかったのか。警戒心が頭をもたげるツムギだった。

2　浦島汽船の日常

浦島汽船で働いているのは、せっかちで体形が丸っこい社長、売店の売り子の小沢(おざわ)さんという中年女性、そして新規採用された庶務係のツムギの三人である。

社長はエネルギッシュで野生動物のように動作が素早く、ツムギを採用したときのように即断即決、食事の仕方まで実にせわしないのだが、普段は社長室に居てプレジデントチェアにふんぞり返り、何時間も動かず新聞を読んでいる。

売店の小沢さんは、おせっかいで噂好きでおしゃべりで強引で図々しいが、やはりお客さんが来なければいつまでもレジのカウンターの中のパイプ椅子に腰かけて、週刊誌を読んでいる。だから、二人とも異様に情報通だ。

片やツムギは、埠頭や桟橋を含む敷地内全ての掃除と、浦島汽船の事務全般、経理、銀行や郵便局や市役所への用足しなど、やってもやっても仕事は終わらない。もちろん、新聞や週刊誌を読むひまなど、一秒もない。

それなのに、社長も小沢さんも「手伝おうか」なんてことは、おくびにも出さないのだ。

実際、そんなそぶりさえ見せない。あたかも新聞や週刊誌を読むのが、重要な任務であるかのごとく没頭している。芸能人の熱愛報道や、政治家の不祥事など、二人はだれよりも早く情報収集して、ツムギに教えてくれる。……というか、それらの大ニュースにツムギが興味を示さないと、ひどく不満げな顔をしている。

「もう、勝手なんだから」

ツムギは隠れてふくれっつらをしながら、せっせと掃除をして、売り上げをパソコンのソフトに打ち込み、自転車で銀行へ郵便局へと走り回る。おかげで、母を亡くして茫然自失だったことさえ忘れてしまった。家賃も払えたし、米も買えた。

「ツー子ちゃん、このキュロットどう？　可愛いと思わない？」

トイレ掃除が終わって正面口のガラスを磨こうとガラスワイパーを持ち出すツムギを、小沢さんが呼び止めた。手にしているのは週刊誌ではなく、デザイナーズブランドの制服カタログだ。

「うん、なかなか可愛いです」

小沢さんが目をとめたのは、白いブラウスに辛子色のベストとキュロットスカートを合わせた一着だった。活動的で、女性らしくて、いかにも都会のオフィス街で働いている人たちに似合いそうである。

そんな素敵な制服をうらやましそうに眺めるツムギと小沢さんは、昭和の時代を思わせる地味な紺色のうわっぱりを着ている。今どきの勤め人のようにカードストラップを首から下げることもなく、古めかしいネームプレートを安全ピンでとめている。

「このカタログ、社長の机の上に置いてきてやる」

辛子色のキュロットのページに付箋を貼ると、小沢さんはサンダルの底を鳴らして社長室に向かった。

社長は決して二枚目ではないが、服装には一分の隙もない伊達男である。

そんな社長は、配下の女性社員を着飾らせる趣味はない。それはおしゃれできない女性社員としてはつまらないことではあるが、ツムギには、社長が紳士であることの証明ではないかとも思えた。

「あの社長は、ただのけちんぼだネ」

赤殿中の意見は、小沢さん寄りのようだ。

＊

浦島汽船の業務は、小型の高速フェリーの運航である。

船は二艘あって、「クジラ号」「イルカ号」という平凡だが愛着のわく名前がついていた。いずれも定員は五十名で、浦島市と亀ヶ崎半島の五ヵ所の港を結んでいる。船体は白で、それぞれクジラとイルカのキャラクターが描き込んであり、新米のツムギには両者の区別がつかなかったりする。

「クジラ号じゃなきゃ、いや！」

お気に入りの船に乗りたいと駄々をこねる幼いお客さんが居たり、船を見るなり歓声を上げて写真におさめる熱心な愛好家が居るのは、ここで働く者にとって誇らしいことであった。

乗船時のツムギの役割は、お客さんに切符を売ること――自動販売機ではなく、一枚一枚、お金と引き換えにツムギが手渡ししている。それと同時に、乗船名簿に書き込みをしてもらう。

浦島汽船には普段は人っこ一人居ないのだが、船の発着時刻が近づくと、大変に混雑する。例によって社長と小沢さんはツムギを手伝ってはくれないから、その孤軍奮闘ぶりはわれながら立派なものだと思う。

代金を受け取り、切符を渡し、そしてときどき、前に勤めていた津村眼科のことを思い出した。

（もしもこんなにたくさんの患者さんが詰めかけたら、先生はおじいちゃんだから、きっと目を回しちゃうな。土田さんは癇癪を起して、水島さんは有給休暇をとってしまうかも）

看護師さんたちは元気だろうか。先生は回復しただろうか。

「おねえさん、ぼーっとしてないで」

列の先頭に居る中年の女性が、怖い声を出す。

「あ、すみません」

ツムギは慌ててお釣りと切符を渡した。

出発時刻は迫っているのに、お客さんの列はまだまだ続いている。

乗客の多くは亀ヶ崎半島の人で、フェリーは、通勤、通学、通院、買い物になくてはならない移動手段であるらしい。浦島市から亀ヶ崎半島に観光に行く人もいる。

就職する前のツムギは浦島汽船のことなどロクに知りもしなかったが、働いてはじめて地域の人の足として重要なポジションを占める会社だとわかった。そんな仕事に就けたのは、幸せである。冗談じゃないほど忙しいし、お給料も高くはないが、紹介してくれた三五兵衛にはやはり感謝しなくてはならないだろう。

入社の日以来、三五兵衛には会っていない。

それでも奇妙島の話をたびたび思い出してしまうのは、社長と小沢さんにも赤殿中が見えるという事実が大きく原因していた。

これまで、ツムギだけを相手にしていた赤殿中は、社長や小沢さんと普通にコミュニケーションをとっている。

こうなると、長年妄想だとばかり思ってきた赤殿中が、本当に妖怪なのだと認めざるをえない。もっとも、社長なんかは赤殿中が見えているというだけで、決して仲良しではないようだ。

「ツムギくん、早く来なさい、ツムギくん！　赤殿中の吐いた毛玉をさっさと掃除しなさい！」

社長は赤殿中のことが苦手なのに「職場に連れて来るな」といわないのは、赤殿中とツムギがほぼ一心同体だとわかっているからだ。その奇妙な理屈も、奇妙島ありきのことだった。

赤殿中が吐いた毛玉を掃除して、ロビーを横切ったとき、慌てた様子の女の人に呼び止められた。昨日も来て、亀ヶ崎半島に向かうクジラ号の時刻表を見ていた人である。

「あの――あの」

女の人はツムギの二の腕をとらえ、訴えるように見つめてくる。

「どうかされましたか？」

「浦島銀行の封筒、落ちていませんでしたでしょうか？　あの――あの、落としてしまったんです――おろして来たばかりの二十万円を」

「に――二十万円」

ツムギは雷に打たれたようなショックを受けた。

二十万円といえば、ツムギには二ヵ月分の生活費にあたる。それをひょいと落としてしまったなんて、天が落ちてきたほどの悲劇ではないか。

「大変だ――大変だ。捜さなくっちゃ」

ツムギは赤殿中の毛玉を入れたチリ取りを放り出して、おろおろと銀行の封筒を捜し始めた。後ろで聞いていた小沢さんは「警察に届けなくちゃいけないわよ」と騒いでいる。

ツムギはトイレに飛び込むと個室を一つ一つ確かめ、待合室を走り回って椅子の下を覗き、ゴミ箱の陰を、清涼飲料水の自動販売機の下を、カウンターの備品の周りを懸命に調べた。

「ツー子ちゃん、どう？」

「ないです。大変だ――大変だ」

血相を変え、桟橋に続く埠頭側の扉から外に飛び出して、アスファルト敷きの広い構内を眺め、海の近くに並んだ船をとめるビットの陰を一つ一つ調べる。

黄色く彩色された頑丈なビットの下で、カラスがしきりに何かを突いていた。

二十万円入りの封筒かも知れない。

カラスは利口な鳥だから、お札の価値を知っているのかも知れない。

そう思って勢い込んで覗いた先には、銀行の封筒ではなく一羽のカモメがうずくまっていた。羽の付け根から血が出ていて、カラスはしきりとそこを突いているのである。

痛いはずなのに、カモメは抵抗もせずに、じっとしていた。

「こら、駄目じゃん！」

ツムギはカラスを叱りながら、反射的にカモメを抱え上げた。

赤殿中と同じくらいの大きさだが、ひどく軽い。鳥というのは、こんなにも軽いのかと思った。カラスは無表情にこちらを見上げ、カモメはやはり抵抗もしなかった。

カモメを見つけた瞬間から、ツムギの中の優先順位が「カモメ＞二十万円」に変わってしまう。ツムギの中で、大枚のお金はもちろん大事だが、カモメの命はもっと大事だった。

「そいつ、すごく弱っているヨ。たぶん、死んじゃうヨ。助けても、無駄だヨ」

赤殿中は、カラスの大事な餌(えさ)を横取りするなと抗議してくる。

ツムギはそれを無視した。

カモメを抱えてもどったロビーでは、二十万円の落とし主が待っていた。

（あ……）

カモメを拾ってしまった。二十万円のことをそっちのけにしてしまった。

そのことを後ろめたく思いながら、おそるおそる顔色をうかがったのだが、女の人はとても明るい顔をしている。

「あったのよ！　見つかったのよ！」

その吉報に、ツムギは文字通り飛び上がった。

「本当ですか！　やったー！　よかった！」

ぐったりとしたカモメを抱え、歓声を上げてぴょんぴょん跳ねるツムギの姿は少し変てこだったが、もちろん喜ばずにはいられなかった。

「どこにあったんです？　どこに？」

勢い込んでたずねると、女の人はきまり悪そうにもじもじした。

「実は、クルマの中に置き忘れていて――」

「だったら、持ち去られる心配もなかったんですね。ああ、ホッとしたあ」

心底から喜ぶツムギの顔は、眉毛が下がって頬がゆるんで、いささか情けない。

そんなツムギに何度も礼をいって、女の人は帰っていった。

「やれやれ」

後ろから溜め息まじりの声がする。

振り返ると、社長と小沢さんが並んで立っていた。

「そのカモメはどうしたのかね？」

「え？　ああ、これですか？」

猫を拾ってきて親に怒られた子どもみたいに、ツムギはたじたじとなった。

「そこのビットの陰で、ですね……カラスに襲われてて、抵抗もできなくて、可哀想なので……。あの、責任をもって世話をしますので、どうか——」

「はい、はい」

小沢さんが売店の奥から、底の浅い段ボール箱を持って来て、古いタオルを敷いた。

「この世は弱肉強食とはいうけれど」

「見付けちゃったものは、放っておけないわよね」

「いかにも。見付けたということは、神仏から命を託されたということだからな。野生動物に餌付けをしてはいかんが、怪我したものを助けるのは人道にかなったことだ」

動物好きらしい小沢さんも、嫌いらしい社長も、赤殿中よりは優しいことをいった。

「ありがとうございます！」

ツムギは小沢さんの急ごしらえの寝床にカモメを乗せると、ぺこぺこと頭を下げる。

「カモメは何を食べるのかな」

「基本的に、魚でしょ」

「なるほど、それが一番良さそうだ」

社長は背広の内ポケットから黒革の長財布を取り出し、ツムギに二千円を渡した。

「そこの市場で、小魚でも買ってきなさい」

「え、あ、はい——ありがとうございます！」

ツムギは込み上げる感謝でまた顔を情けなくして、二千円を握りしめ、自転車置き場へと駆けだした。

＊

カモメは二千円分のイワシに囲まれ、覗き込む三人の人間と一匹のタヌキを、小さな目で見上げた。

ツムギたちが口々に食べろ食べろというのがわかったのか。カモメはイワシを一匹だけ食べて、目をつぶった。

「美味(おい)しい？　美味しいでしょ？」

「もっとお食べ。イワシは今や高級魚なのよ」

ツムギと小沢さんが猫なで声を作って、懸命にいった。

カモメは億劫そうに目を開けると、しぶしぶといった様子でもう一匹食べた。その後は、どんなにおだてても目を開けなかった。

「二匹も食べたんだから、もう安心よ」

小沢さんがそういうので、ツムギは安心することにした。

だけど結局、その日のうちにカモメは死んでしまった。

「なきがらは、カラスにやりなさい。死んだものは、生きるものの糧となる」

「……………」

泣くのをこらえたツムギは、止めようとしてもくちびるが震えた。離れた場所から、赤殿中が仏頂面でこちらを見ている。

カモメは脚をピンと伸ばし、全身がもう固くなってしまっていた。その体を、食べ残したイワシといっしょに、最初に見つけたビットのかたわらに置いた。

「バイバイ」

ほかに手向ける言葉を知らない。

しばらくの間、カラスたちが騒いでいたが、それが静かになった後で見に行くと、カモメは一枚の灰色の羽を残しただけですっかり消えていた。

＊

浦島汽船には、クジラ号とイルカ号のほかにもう一隻の船があるという。

ここと亀ヶ崎半島を結ぶ二艘のフェリーとはちがい、定期船ではない。

その存在は、なにやらひどく謎めいていた。

三隻目の船が出る少し前になると、大勢の人たちがロビーに押し掛けた。

その人数たるや、いつもの定期便のお客さんの十倍ほども居る。椅子には座り切れなくて、通路に立ったり、埠頭の方に出たりして、ぺちゃくちゃと楽しそうにしている。

「こんなに乗るんですか？　ずいぶんと大きい船なんですね」

この全員に切符を売って乗船名簿に記入してもらうとなると、大変だ。そう思って、ツムギはおそるおそる大人数を見渡す。

「ちがうわよ。この人たちは、見送りのエキストラだから」

「エキストラ？」

「そう。出航を盛り上げるために雇われているエキストラ」

小沢さんの説明を聞いても、意味がよくわからなかった。

しかし、本当の乗客が集まり出すと、ツムギは大勢のエキストラの存在よりも、大変なことが起きているのをじわじわと感じ始める。いつもの出航風景とは、まったくちがっているのだ。

乗客はエキストラよりも大幅に少なくて、たったの数人である。

その人たちは、高齢者が多かった。

「おや、おたくさんもこの船で？」

「お互い、年貢（ねんぐ）のおさめどきですなあ」

乗客の中には互いに名刺交換をしたり、張り切って体操やスクワットをはじめる人も居た。陽気で元気でせわしない彼らを、ツムギは漠然（ばくぜん）とした違和感を覚えながら眺めている。

「いやはや、皆さん、本日はお日柄も良く」

社長が乗客たちの対応をしているのも異例のことだった。一人一人にお辞儀をしたり、手をにぎったりして、変なことをいっている。

「あなたの人生、実にご立派でした。心から、お悔やみ申し上げます」

お悔やみ？

母の葬儀でも耳にしたその言葉にはっとしたときである。ツムギは突然に気付いた。

乗船を待つお客さんたちには、影がないのだ。

それは、どういうことなのか。

この人たちが、立体映像だということか。

そんなわけはない。互いに談笑し、社長にお悔やみをいわれているのだから。

（お悔やみ……）

ツムギは愕然（がくぜん）とした。お悔やみをいわれるのは、死んだ人――。

だけど、ツムギの驚愕は次に出来（しゅったい）したショッキングな出来事により、吹き飛ばされてしまった。

栈橋に船が入って来たのだ。

それは真っ黒で巨大な木造帆船（はんせん）だった。

ツムギが後で聞いたところによると、長さは七十六メートル、幅は十三メートルを超す。

帆船なのに、甲板（かんぱん）の中央部から煙突がにょっきりそびえていた。

船腹には推進のための外輪が取り付けられている。

ツムギはこれと同じものを、歴史の教科書で見たことがあった。

黒船である。

一八五三年七月八日、浦賀沖に出現した蒸気船。ずっと国の中に閉じこもっていた日本をびっくりさせ、無理やり開国させた船だ。

ツムギの驚きは、百六十年以上前の日本人の驚きに勝るとも劣らないものだった。だって、この令和の世に黒船である。宇宙船が飛来するのと同じくらい、あり得ないことではないか。

「ふふ、まさに黒船だよ」

いつの間にかとなりに来ていた社長が、そういった。なにやら、自慢げである。

「ペリー大佐が乗っている蒸気船だ」

歴史に詳しくないツムギだが、ペリーという人が黒船船団の責任者だったことくらいは、授業で習った記憶がある。ペリーが黒船で脅して日本の開国を迫った。

(開国……)

思えば、奇妙島はペリーの黒船来航で日本が開国してもなお、唯一鎖国を続けている島だという。鎖国――開国――黒船――大昔のキーワードが揃った。

「この船の名は、サスケハナ号というんだ」

「佐助さんの鼻、号?」

「サスケハナ。広く深い川という意味なのだ」

「川じゃなくて、ここって海ですけど」

ツムギは、この際どうでもいいようなことをぼそぼそといい、うつろな動作でポケットからスマホを取り出した。

サスケハナ号。

それは、まさしく江戸時代に日本にやってきた船の名だった。黒船の船団はサスケハナ号、ミシシッピ号、サラトガ号、プリマス号。このうち蒸気船はサスケハナとミシシッピで、ペリーが乗り込んでいたのは、サスケハナ号である。

「あの……。サスケハナ号って、取り壊されたと書いてありますが……」

「そのとおり。だから、これは幽霊船なのだよ」

社長は平然といって、鼻から太い息を吐き、口ひげが揺れた。

「これも、あたしの妄想だ、妄想だ……」

ツムギは無意識にも、念仏のようにそう唱える。

そんな中、大勢の元気なエキストラが歓声を上げながら埠頭に出て来た。

その人波が割れて、影のない人たちが意気揚々と船に乗り込む。

見送る人たちは横断幕をかかげ、高い位置にある甲板からは、極彩色(ごくさいしき)のテープが投げられた。

軍楽隊がマーチを演奏し、紙吹雪が舞い、甲板に並んだ乗客たちが満面の笑みで手を振っている。

「え？」

思いもかけないことが起きた。

乗客たちの中に、知った顔を見付けたのである。

ツムギが勤めていた津村眼科の先生だ。

先生は上機嫌な様子で、手を振っていた。

「あ……」

群衆の中から、先生はツムギの姿を見付け、顔をくしゃくしゃにして笑った。バンザイの格好をして両手を振りながら、しきりに大声をあげている。

――中島さーん、よく働いてくれたねー。ありがとうー。病院を続けられなくて、ごめんなさいよー。あんたは若いから、これからも頑張ってねー。

「先生――！」

とっさに手を振り返し、ツムギもわれ知らず大声で叫んでいた。

「いつも計算をまちがえて、すみませんでした――」

子どもが泣くみたいな大声を上げながら、ツムギはこの船が何の目的で、乗客たちをどこに運ぶのか、突然にわかった。

とうに解体されてしまったサスケハナ号の幽霊船は、浦島湾沖の先、奇妙島よりも向こうにある天国に、先生たちを連れていくのだ。

だから、津村先生とはもう会えない。

サスケハナ号が進む途中の海域に、現実と幻の中間の島がある。そこが、ツムギの両親の故郷だ。

津村先生が、大柄な外国人と話している。背高だが顔も大きくて、縮(ちぢ)れた髪の毛を丁寧にうしろになでつけ、古めかしいデザインの立派な軍服を着たおじさんである。

(なんと——)

ツムギは、唖然とした。

教科書に肖像が載っていた人だ。歴史に詳しくないツムギでも知っている有名人。江戸時代の日本を開国させた、黒船船隊の指揮官、ペリー大佐だ。

つまり、ずっと昔の人である。

「あれが、ペリーの——幽霊なんですか?」

「いかにも、そのとおり。十九世紀に活躍した人物が、今も生きているわけがない」

社長は、普通のことのように答える。

ペリー大佐は歓声を上げる見送りのエキストラたちに悠然と手を振り、マーチはいよいよ大音量で鳴り渡った。

煙突からは煙が吹き上がり、巨大な外輪が回転を始める。

サスケハナ号は、ゆっくりと桟橋を離れた。

「あ」

遠ざかる船の上で、一羽のカモメが旋回しながら飛んでいた。

カモメ一羽一羽の見分けはつかないが、ツムギはそれが先日ここで死んだあのカモメであるような気がした。どうしても、そう思えたのだ。

「………」

サスケハナ号は沖合まで行くと、すっと姿を消した。

まるで拭き取ったかのように、忽然と消えたのである。

そこに行くまで見えていたカモメも、同時に消えた。

「はい、解散、解散」

社長が、パン、パン、と高く手を打った。

それを合図に、エキストラたちは突如として平静にもどる。事務的に横断幕をたたみ、笑顔から真顔に変わると、浦島汽船のロビーに入って行った。

皆が、一列に並ぶ先には、小沢さんが居た。

「はい、ご苦労さま」

一人ずつにそう声をかけて、小さな茶封筒を渡している。今回の見送りに来てくれたバイト代だという。

「この人たちも、幽霊とかなんですか？」

「そんなことはない」

社長が口ひげをひねりながら説明した。

エキストラは全員、元気に生きている普通の人だ。

サスケハナ号を見送りする報酬は、一回につき千円。ここで見たことは他言無用。もっとも、いいふらしたくても、浦島汽船の敷地を出たとたんに、彼らは埠頭で見たことを忘れてしまう。だが、次の出航のときには、どうしても再び来たくてたまらなくなるのだそうだ。

「ふっふっふ。これぞ、境界エリアの神秘だよ」

社長は丸いお腹をなでながら、不敵に笑って社長室にもどって行った。

「境界エリアってなんだろう」

ツムギが一面に散らばった紙吹雪とテープを片付けていると、ポケットでスマホが震えた。津村眼科で働いていた、師長の土田さんからだ。

——津村先生が亡くなったそうです。お通夜に行きますか？　行くなら、香典をあずかってほしいんだけど。

ツムギは画面に映った文字をしみじみと見つめてから「行きます」と返信した。

サスケハナ号が出航した海は、遠くまで凪いでいる。

貨物船が視界を横切るのは、いつもの風景だった。

3　ウェブデザイナー

お客さまアンケートに再三書かれている苦情は、浦島汽船にホームページがないことである。

おかげで、発着の時刻表をいちいち見に行かなくてはならないから面倒だ。

乗船予約をネットでしたい。

アンケートには、そうした要望が必ず記されているのだ。

「時刻表の確認や乗船予約は、お電話でも受け付けております」

という筆文字の貼り紙を正面のガラス戸に貼り付けてあるのだが、だれも見てくれない。

たまに見た人が居て電話をよこしても、なかなかつながらない。

なぜならば、電話番である庶務係のツムギは掃除に外回りにと、なかなか事務室に居ないからである。

いわんや、ツムギが勤務する前は、小沢さんが売店のカウンターから駆け付ける前に大概(たいがい)は電話が切れていた。

こんな企業態度がいまどき許されるのか。

アンケートの苦情は、だんだんと怖い調子になってくる。

「し……か……た……が……な……い……」

社長は、苦し気にうめいた。

それというのも、ホームページなるものは、一万円、二万円くらいで出来るものではなく、けちん坊の社長としては、それ以上の出費など考えるのも恐ろしいことだったのだ。

「今時の経営者は、どいつもこいつも、なぜ揃いも揃って会社のホームページなど持っているのだ。役所もしかり、行楽地もしかり。そんな無駄な金を使うべきではない。まったく、いやな時代になったものだよ」

ぷりぷり怒った勢いで、社長は庶務係のツムギにホームページを作るように命じた。

しかし、これにはツムギ本人と小沢さんに加え、なんとあのペリー大佐にまで反対された。

「インターネットとオカルトは、プロにまかせなさい」

日本を開国させた男の忠告は、忠告というよりも命令の重みがあった。いかに社長といえど、逆らうことなどできない。

社長のことだから、ツムギに押し付けても立派なものが出来るだろうと根拠のない確信を持っていたようだ。ツムギは、そんな不可能な仕事を押し付けられずに済んで、ホッとした。開国を強いられた江戸時代には文句をいった人も居ただろうけど、ツムギにしてみればペリー大佐は恩人となった。

さりとて、ホームページ制作業者を探すことは、ツムギの仕事である。電話帳を見て片っ端(かたっぱし)から電話をかけ、提案書やら見積書やらを作ってもらい、そのたびに社長からダメ出しがくる。

「高い！　高すぎる！」

「ですけど、社長……」

「ですけど、じゃなーい！」

社長の自慢のひげは、胸の内を表現するかのように震えている。

ツムギは電話機に向かってぺこぺこ頭を下げながら、ようやくのことで一人のフリーランスのウェブデザイナーを探し出した。ほかの業者に比べ半値ほどの価格設定なので、これを逃したらホームページなど未来永劫持てないだろうと、ツムギは鬼気迫る面相で社長に決断を迫った。

「仕方あるまい」

「仕方ないどころじゃありませんよ。半額なんて、ものすごい太っ腹じゃないですか」

「太っ腹とは、わたしのことかね」

そうじゃない。太っ腹なのは、その新田丹というウェブデザイナーである。

新田は電話を受けた後、すぐに現れた。

まだ二十代で、少し神経質そうだが、最近はやっている俳優に似た美男子だった。

しかも、乗って来たクルマがかっこいい。新型のＢＭＷだ。

利益の少ない商売をしても、そんなに儲かるのか？　小沢さんは、そんなことをずけずけと尋ねた。

「いえいえ。ぼくは、金持ちの息子でして」

新田は臆面もない自己紹介をする。

そして、これまでしてきた仕事を、タブレット端末で浦島汽船の一同に披露した。

どれも、センスが良くて、ステキで——しかし、少々使い勝手が悪そうだった。

「そこが、ぼくの玉に瑕なのでして」

新田はまた臆面もないいい方をする。

この人はフリーランスなので、営業も、取材も、写真や動画の撮影と加工も、文章を起すことも、ＨＴＭＬとＣＳＳの記述も、スクリプトの記述も、サーバー周りの設定も、機材の調達までも、全部一人でこなす。

そう聞いても、ツムギにはあまり具体的な想像はつかないが、ともかく大変そうだ。その大変なことを、相場の半額で提供してくれるのだから、とても良心的といえるだろう。

それというのも、実家が金持ちである新田は、お金を稼ぐことに無頓着なのだった。だから、安くてもクオリティの高いものを作っている。

当人も玉に瑕というのは、使いやすさよりも見た目を重視しがちで、そんな新田の仕事に向かう姿勢はプロフェッショナルというよりオタクに近いものがある——と、新田自身がいった。

「なんの。日本人の手仕事というのは、基本的にそういった精神にはぐくまれてきたのだよ。きみは、伝統的に正しい」

価格が安いと強調されて、社長は新田のことが気に入ったみたいだ。滅多に他人をほめないのに、頼もしそうに揉み手をしながら新田の整った顔を見上げた。

「作業は、事務室を使いなさい。手伝いが必要ならば、庶務のツムギくんに頼めばよろしい」

「では、ここから先は若い人たちにまかせて、と」

小沢さんが、お見合いの世話人みたいなことをいって、社長の背中を押しながら退出した。

ツムギもロビーの掃除に向かい、新田は社屋の撮影をするといって同行した。

「ツムギさんの趣味は何？」

新田まで、お見合いみたいなことを訊いてくるからおかしい。

「うーん」

ツムギは面食らった。シンプルな質問だが、いままでそんなことを訊かれたことがなかったのだ。思えば、日々を漫然と生きるツムギに、趣味などというものはない。

「趣味ですかぁ」

何をしていたら幸せか、ということだろうか。

「食べることと、眠ることとかな」

言葉に出していうと、なんだか動物みたいだ。それでごまかすように「新田さんは？」と尋ねた。

「ぼくは、都市伝説とか廃墟とか怪談が好きなんだ。実話怪談の舞台になった場所なんかに実際に出かけて行って、撮影して、ＳＮＳに投稿するの。『いいね』をたくさんもらうと、うれしいよね」

「そういうのって、怖くないんですか？」

「怖いよ。呪われる可能性もあるからね」

新田がククッと含み笑いをするので、ツムギはいささか引いた。

価格設定が良心的だったり、こだわり過ぎの仕事をしたり、金持ちだったりと、長所と短所が入り混じった新田丹――その正体は不気味な人物なのかもしれない。

＊

その夜、ツムギは不思議な夢を見た。

雨の降る街に、赤いネオンがじんわりとにじんでいる。そんな景色を窓ごしに眺めながら、ツムギは一人で焼き肉店に居た。お腹はさほど減っていなかったが、目の前で焼けている肉は美味そうだった。

箸で持ち上げ口に運ぼうとしたとき、となりの椅子に牛が座った。

牛である。

しかし、その顔は人間みたいだった。牛に似た人間の顔だ。でも、首から下は完全に牛そのものである。

ギリシャ神話に登場するケンタウロスは、上半身が人間で下半身が馬なので、そこそこ絵になる。そりゃあ、実際に出現したら、びっくりするだろうが。しかし、全身が牛で顔だけが牛に似た人間というのは、ケンタウロスよりも数段けったいなものだった。

夢の中とはいえ、ツムギはひどく驚いた。

牛が焼き肉屋に来るなどあり得ないことだし、となりに座られるのも、そもそも牛が椅子に座るということ自体が奇怪千万である。人間の顔をしていることだって、驚嘆に値する。これは新種の牛なのか？　どこかの学会に届け出をしたら、ツムギの名前を付けてもらえたりして？

箸で肉を持ち上げたまま言葉を失っているツムギに向かい、人面牛は人間の言葉を発した。

「きみ、大変なことに巻き込まれますよ。決して逃げられないからね。ふっふっふ」

人面牛は舌を出して不気味に笑い、吐き戻したものを咀嚼(そしゃく)した。

「な——なんなんですか、大変なことって」

「この世の神秘、知られてはならない深淵の事実を知るのです。きみの人生は、それに巻き込まれてしまうのですよ。ふっふっふ」

人面牛はふっふっふと笑っているが、ツムギとしては全くおかしくなかった。

「あなたは、だれなんです？　知られてはならない深淵の事実って何？」

「わたくしは、くだん。生まれてただちに予言を告げ、そして死ぬのです」

「はあ？」

何をいわれているのか、まったく意味がわからなかった。

しかし、次の問いを投げかける前に、くだんは唐突に死んでしまったのである。

焼き肉屋に現れた牛が、急死とは……。

店内は騒然となった。

「牛だぞ」

「死んでるぞ」

店のお客さんたちは、口々にその状況をささやき、死んでいるくだんと、そばに居るツムギに遠慮のない視線を投げてよこす。

ツムギはひどくきまり悪い思いをしたが、間をおかずに救急車が来て、くだんの遺体を運び出した。牛を乗せたストレッチャーは、特大サイズだった。

「大変にお騒がせいたしております」

店主が現れて、店内の一同に向かって丁寧にお辞儀をした。

「お口直しといたしまして、ご来店の皆さま全員に、極上カルビ一皿をサービスさせていただきます」

運ばれてきた極上カルビは実に美味しそうだったが、ツムギは急な胸やけを覚えた。無理に食べようとすると、胸やけはますますひどくなる。

食べることができない肉に未練を残し、店を出ようとしたら目が覚めた。

カーテンの隙間から光が射し始めていたが、まだ起きる時刻ではなかった。

母の遺影がほほえんでいる。

二度寝したら、また夢を見た。

今度はウェブデザイナーの新田が登場した。

新田は浦島汽船の事務室で、ノートパソコンに向かっている。

キーを打つ指の動きが、面白いくらいに速かった。

ツムギがお茶を差し出すと、新田は顔を上げてほほえんだ。

目覚ましが鳴る。

新田が出てきた短い夢は、焼き肉屋のくだんとちがって、穏やかで平凡だった。おかげで、ツムギは気持ちよく朝の目覚めを迎えることができた。

＊

出勤してほどなくすると、新田がやって来た。

ツムギは手伝いを頼まれ、社長から前もって命じられていたので、当然のこととして協力する。

「では、社長にインタビューをお願いしたいのですが」

「都合を、うかがって来ます」

ツムギは社長室に訊きに行った。社長は日がな一日新聞を読んでいるだけだから、都合が悪いはずもない。案の定、喜んでインタビューに応じた。

新田はずいぶんと長いこと社長室に居て、出て来たときは少なからずやつれていた。調子づいた社長の話が、なかなか終わらなかったようだ。ツムギはそのテープ起こしを任された。テープといっても、実際にはＩＣレコーダーを使っているのだが。聞いてみると、社長はおのれの半生を講談師みたいに華々しく語り、それは最初から終わりまで自慢、自慢、自慢、自慢が盛りだくさんの、英雄譚だった。

それは、赤ちゃん時代の自慢話から始まる。

「わたしは、わずか生後六ヵ月で言葉を話したのだよ。優秀な少年時代を経て、トップの成績で高校入学大学入学。勉強にスポーツに大活躍し、女子生徒にも大変にもてたものだった。バレンタインデーのときは毎年、チョコレートを入れるために、特大のスーツケースを持って登校した。だがね、きみ、わたしは苦労もしたのだ。大学二年生のときに父が急逝した。しかし、わたしは少しもめげることなく、働きながら学んだ。アルバイト先の店長は、わたしがあまりに優秀なスタッフだったがため、就職が決まって店をやめるといったとき、涙を流して引き留めたものだ。そして、わたしは東京の総合商社に勤め――」

大企業に就職してから、どういう経緯で浦島汽船の社長になったのか。そこはツムギも興味津々である。

なにしろ、ここからは、亡くなった人を天国に運ぶ蒸気船サスケハナ号が出航するのだから。サスケハナ号は幽霊船で、あのペリー大佐も幽霊なのだから。

ところが、期待は裏切られた。

「あー、疲れた。この辺でいいかね」

いよいよというところで、社長のインタビューは呆気なく終わっている。

新田もこの先を語らせようと粘ったらしいのだが、「わたしは忙しいのだ」といって新聞を読み始め、新田は社長室から追い出された。

インタビューは小沢さんも受けた。

売店の日常を明るく楽しく紹介してもらうつもりが、今度は愚痴のようなエピソードが続き、果ては反抗期の娘のことや、片付けものが苦手な夫の悪口へと発展する。途中、新田の「そろそろ、ここで」という声が何度も入っているのだが、そのたびに「ちょっと聞いてよ、新田さん」がリフレインの合図となっていた。

ツムギは二人の言葉を忠実に文字に起こし、改めて読んでみると、おかしくて笑ってしまった。

インタビューされたのはこの二人だけで、ツムギは頼まれなかった。

ひょっとしたら、それは社長が最初から新田にいい渡したことで、社長と小沢さんは古だぬきだから、あんなにもしょうもないことをしゃべっているようでいて、実は全て計算ずくだったのかもしれない。ツムギなんかにうっかり話させようものなら、サスケハナ号の出航のことまでバラしてしまいかねない。

(口惜しいけど、そのとおりかも)

ツムギの立ち位置は、いってみれば秘密側である。

あの世に近い奇妙島にゆかりのある者だからこそ採用されたのだし、サスケハナ号が港を出るところも見られた。どんな作用によるのかは知らないが、エキストラの人たちとはちがって、出航の後も従業員としてちゃんと蒸気船のことを覚えている。

だけど、ツムギはまだまだ半人前なのだ。

ここには、ツムギがうっかり口をすべらせてはならない秘密がある。

その意味では、部外者である新田に浦島汽船の中を取材させるのは、危険なことだ。

何も知らない新田は今、いそいそとクジラ号とイルカ号を撮影している。サスケハナ号のことや、ペリー大佐のことや、あの世への航海のことは、ホームページに載ることはない。

「あいつ、なんだか怪しくないかナ？」

埠頭を撮影している新田を窓ごしに睨みながら、赤殿中が可愛い声でいった。

「え？　どこが？」

「こそこそと、写真を写して回ってサ」

「だって、ホームページの素材集めだもん」

ツムギは笑って、赤殿中の小さな頭を撫でてやった。

新田が完成したホームページをダミーのアドレスにアップロードして見せたのは、その一週間後のことだ。スタイリッシュなトップページは、マウスを使わなくても優雅に動き、ときたまフリーズしたが、きわめて一流企業っぽい雰囲気を醸し出していた。

会社紹介のページの中で、社長はいかにも大物っぽく見え、売店はあたかも品数が豊富に見える。

クジラ号とイルカ号はピカピカで格好良く、青い海原に映えていた。

もちろん、時刻表が一目でわかるようになった。乗船の予約は、ネットで出来る仕組みが導入された。

「すてきー！」

ツムギと小沢さんは黄色い声を出して喜び、社長も嬉しくてたまらないといった表情を隠すのに、苦労しているみたいだ。

「まああの出来栄えだな」

しきりと口ひげをひねり、あごを撫で、肩を上下させて、両手をこすり合わせている。気持ちが高ぶって、じっとしていられないらしい。

「それでは、今日中に正式にアップロードいたします」

新田は嬉しそうにいって、工賃の請求書を置いて帰って行った。

「そうだった。支払いのことを忘れていたよ……」

請求書を覗き込む社長の顔は、見る見る悲しそうに変わった。

＊

問題が起こったのは、その翌日のことである。

新田の作業が終わった直後に、サスケハナ号の出航があったのは、まったくタイミングのよいことであった。新田に見られずに済んだからだ。あるいは、新田の仕事が終わるまで、出航を待っていたのかもしれない。

黒い巨大な蒸気船は、元気になって次の世に渡る人たちを乗せ、軍楽隊のマーチと見送りの人たちの賑やかな声を響かせて沖へと進む。やがてその姿は青い海原と空のはざまに掻き消えた。

見送りのエキストラたちが帰った後、ツムギは赤殿中を肩に乗せて紙吹雪やテープなどを掃除する。赤殿中は甲高い声で、くるりの『東京レレレのレ』を歌い始めた。ツムギも鼻歌で合わせながら、せっせと箒を動かしている。

と、赤殿中が突然に歌をやめたので、ツムギは調子が狂った。

「レレレ、あれ、どうしたの？」

「ツムギ、ツムギ、変だヨ」

赤殿中は短い前足を伸ばした。

その示す先に、サスケハナ号の巨大な船体が見える。Uターンしてきたらしい。

しかし、なぜ？

箒を持って埠頭に立ち尽くすツムギのとなりに、異変に気付いた社長と小沢さんもやって来た。

「こんなのって、よくあることなんですか？」

「まさか、初めてだわよ」

小沢さんも驚いている。社長は難しい顔で口ひげをひねった。

「船が故障したのだろうか。なにせ、十九世紀の船だからなあ」

しかし、サスケハナ号は、そもそも幽霊船なのだから故障などするはずもないのだ。

船が桟橋に着くと、すぐに屈強な水兵たちが、ぐにゃぐにゃ動く大きな筒のようなものを担いでタラップを降りて来た。その後ろから、ペリー大佐が怖い顔でこちらに向かってくる。

大きな筒のようなものとは、近付くにつれて、いわゆる簀巻きにされた人間であることがわかった。巻いてあるのは、藁を編んだむしろである。

「うーうーうー。出せー、放せー」

簀巻きの中からは、くぐもった、なんだか聞き覚えのある声がしていた。

「密航者だ」

大佐が厳格な声で告げる。

「なんと……！」

社長はつかのま絶句し、すぐに水兵たちに浦島汽船の社屋の方を指し示した。

「その狼藉者を、地下牢へ運んでくれたまえ」

地下牢……？

今度はツムギが絶句している。

秘密に満ちた浦島汽船だが、まさかそんな恐ろしいものまで備わっていたとは——。

震える息が、からからに渇いたのどにまとわりついた。それで少しむせた。

簀巻きにされた密航者も、強そうな水兵たちも、もっと強そうなペリー大佐も、いつもみたいにとぼけていない社長も、怖かった。

＊

通路の途中に、『工事中』という貼り紙がされた鉄のドアがある。

壁と同じくクリーム色のペンキが塗ってあるのだが、ところどころが剥がれて錆が浮いている。さりとて壁にもシミや汚れがまんべんなくあるから、そのオンボロのドアが目立つことはない。普段から死角になっている場所だし、『工事中』とまで書かれているので、今まで少しも注意を払ったことがなかった。

水兵たちは、勝手知ったる様子で、そのドアを開けた。

内側はすぐに階段になっていて、壁に電灯のスイッチがあった。

一同は簀巻きの密航者を運んでその階段を降りた。雰囲気に呑まれて、ツムギも後について行く。

階段の下には鉄格子付きの座敷牢があった。なぜか、ゆかには畳まで敷かれていた。

簀巻きが解かれ、中から現れた密航者は、あの新田丹だった。

社長と小沢さんとツムギは、同時に「あ」と短い声を上げる。

新田は怯えと怒りのまざった顔で、こちらを睨みあげた。仕事をしてるときとはうって変わった、敵意に満ちた表情である。

ツムギはわけがわからないながらも、ひどく悲しくなった。敵対するとか、喧嘩をするということが、とても苦手なのだ。

「あとは、そちらでよろしく頼む」

ペリー大佐は太い声でそういうと、水兵たちを連れて立ち去った。サスケハナ号には、乗客を送り届けるという仕事があるのだ。

取り残された浦島汽船の三人は顔を見合わせ、責任者である社長は丸い背中を一度大きくぶるりと震わせた。

「小沢さん、例の男に至急連絡だ」

「がってんよ！」

二人はツムギのわからないことをいっている。

ただおろおろするばかりのツムギを、社長のどんぐりまなこが鋭く見た。

「ツムギくん、この男を見張っていなさい」

「見張るって……」

いやともいえず、はいともいえず、慌てふためくツムギを残して、二人は階段を駆け上った。

おそるおそる新田を見やると、燃えるようなまなざしとぶつかった。

「きみは知っているのか？　ここは大変なところなんだぞ」

「あたし……就職したばっかりで……」

ツムギはごまかしたが、命じられて新田を見張っているわけだから、何をかいわんや、である。

しかし、敵の手に落ちた新田にしてみれば、その敵の中でも一番に弱そうなツムギは攻略の足掛かりに見えたらしい。

だけど、なぜこの人は浦島汽船に敵対するのか。どうして密航などしたのか。

――ぼくは、都市伝説とか廃墟とか怪談が好きなんだ。実話怪談の舞台になった場所なんかに実際に出かけて行って、撮影して、SNSに投稿するの。『いいね』をたくさんもらうと、うれしいよね。

新田は以前、そんなことを話していた。

(まさかとは、思うけど)

SNSの『いいね』ほしさに、浦島汽船の秘密をさぐっていたのだろうか。

「そうだよ」

新田はあっさりと認めたので、ツムギは正直なところ、呆れた。

ツムギの気持ちが離れかけたのを敏感に読み取って、新田は鉄格子をつかんで懸命にいいつのる。

「あの船の乗客たちは、全員が死んだ人だ。乗船名簿と新聞のお悔やみ欄をつき合わせたら、必ず全員が一致するぞ。それに、あの船……。どう見たって黒船だろう。幕末に浦賀に来た蒸気船だよ。そして、さっきまでここに居た船長は……あいつは、ペリーだ」

「…………」

「きみ、なんで平気な顔をしているの?」

ツムギが驚かないのを見て、新田はショックを受けている。

「きみは、すでにあの連中に取り込まれてしまったのか」

「うーん。取り込まれたっていうか――」

亡くなった人が元気になって天国に行くのは、そんなに悪いことなのだろうか。両親がサスケハナ号の終着点で無事に再会できて、また二人で一緒に暮らしていると思うのは、ツムギにとっては嬉しいことだ。

（だけど、SNSでバズるために、サスケハナ号にもぐりこむのも、確かにすごい）

考え込むツムギに、新田は懸命に訴える。

「きみは、早く逃げた方がいい。ここには、とてつもない秘密が――存在してはならない秘密が隠されているんだ」

「秘密……」

夢に出て来た焼き肉屋のくだんのことを思い出した。

――きみ、大変なことに巻き込まれますよ。決して逃げられないからね。ふっふっふ。

――この世の神秘、知られてはならない深淵の事実を知るのです。きみの人生は、それに巻き込まれてしまうのですよ。ふっふっふ。

くだんは自らのことを、予言する妖怪だといっていた。

三五兵衛は、奇妙島には妖怪が居るといっていた。

あのくだんは、ひょっとしたら奇妙島から来たのだろうか。

奇妙島のことは知られてはならない秘密だろうけど、存在してはならないと決めつけるのはどうかと思う。たとえば赤殿中のことだって――存在するわけがないから妄想なのだとずっと思ってきた。だけど、もしも赤殿中のことを否定なんかされたら、ツムギだって黙っちゃいられない。

「秘密って、別に、あってもいいじゃないですか」

思わず、その言葉が口をついて出た。

ツムギを味方につけようと、まっすぐなまなざしを向けていた新田は、条件反射のように眉をひそめる。

ツムギは責められているような気がして怯んだけど、しかし相手が真剣な分、こちらもいいたいことをいわずに居たら気持ちが悪い。

「どうせ、世界は秘密だらけなんだし、それをいちいち暴けるわけもないし、秘密は秘密のままの方が、面白い場合もあるんじゃないかなあ。ミニスカの女子より、スリットが入ったマキシ丈のスカートの方が、セクシーだなあというか」

新田は、しまいまで聞く前に、顔をひきつらせて高い声を出した。

「あの連中に、そういくるめられたのか？　スカート丈の話なんかされて」

「いや、スカートはあたしが今考えた、たとえですけど」

「目を覚ませ。一刻も早く逃げるんだ」

「いや、新田さんがここに居るし……」

捕らわれの身となった新田を置いてはいけない。

そういう意味に受け取ったらしく、新田の目が感激の色で潤んだ。

いや、そういう意味じゃなくて。新田さんを見張っていなくちゃならないから、ここは離れられないんです。それに、逃げてクビになったら、また失業じゃないですか。

ツムギが言葉にできない反論を反芻（はんすう）しているうちに、新田は一人で熱くなっている。

「ぼくは、たとえどんな目に遭わされても、浦島汽船の秘密を必ず世間にさらしてみせる」

「えー」

ツムギが困っていたときだ。

上り階段の果てにある重たいドアが、軋（きし）みながら開いた。

廊下の明かりを背にして、ひどく迫力のある大男のシルエットが、階段の上に立ちはだかっている。まるでイエティのような――ナマハゲのような――野生と超常世界の住人のような、狂暴な気配がドライアイスのごとく男とともに階段を下りて来た。

ズンズンズン。フンフンフン。

足音と鼻息が迫る。

間近まで来たら、それはイエティでもナマハゲでもなかった。

だが、赤ら顔でドングリまなこ、赤くて分厚いくちびるの間から覗く長い犬歯は、彼の姿をとてつもなく恐ろしく見せていた。

「…………」

ツムギと新田が凍り付くように見つめる先、おそろしい顔の男は笑った。すると、思いがけなく、人の好さそうな人相になった。

「はい、ごめんくださいねー。きみが、新田くんですか？　わたし、赤井っていいます。あの世とこの世を結ぶ、登天郵便局の局長をしています」

「あの世とこの世を……」

新田は絶句している。

赤井という人の胸には、当人が名乗ったとおり『登天郵便局　局長　赤井』というネームプレートが付いていた。

「見張り、ごくろうさま」

赤井局長は、ツムギに大きな赤ら顔を向ける。

「きみは、上に上がっていてね。危ないから」

危ないから、といった声が、変に低くてドスが利いている。

ツムギは躊躇していたが、階上のドアが開いて、小沢さんに呼びつけられた。

「ツー子ちゃん、早く来てちょうだい。クジラ号のお客さんたち、もう集まっているから」

「あ、はい……」

ツムギがおそるおそる振り向くと、赤井局長はぶ厚いてのひらを振って、ツムギを追い払った。その後ろ、鉄格子越しに新田の怯えた顔が目に入る。

「大丈夫、大丈夫、ちょっと消しちゃうだけだから」

「消しちゃうって……」

新田の存在を消しちゃう……すなわち、闇から闇へと葬るということだろうか。

凍り付くツムギの頭上から、小沢さんの怒った声が降り注いだ。

「ツー子ちゃん、仕事、仕事。そこは赤井さんに任せておけばいいの！」

た。

ドアを閉める刹那（せつな）、新田の絶叫が聞こえた。

「あ、はい……ご、ごめんなさい！」

結局のところ、ツムギは逃げるようにコンクリートの冷たい階段を、駆け上がった。

*

クジラ号のお客さんたちに切符を売り、乗船名簿に記入してもらい、桟橋から出て行く船を見送るまでに、おおよそ三十分が経過していた。

再びがらんどうになったロビーにもどり、ツムギは地下室に続くドアにこっそりと近付いた。

（ど……どうしよう）

新田は今ごろ、あの赤井局長の手で息の音を止められ、すごい薬品とかで死体まで溶かされていたり——するんだろうか。じゅわじゅわとあぶくになって、畳の目に沁み込んでいたり——するんだろうか。

おそろしい想像に震えあがりながら、ドアノブに手を掛けようとしたときである。

ドアが内側から開き、ツムギはつんのめりそうになった。

ぽっかりと闇が口を開いたみたいな階段の暗がりを背に、満面の笑みを浮かべた赤井局長と、どんよりと目の焦点が合わない様子の新田が居た。

消されて死体まで処理されてしまったわけではないらしい。

しかし、新田の様子は、決して安心できるものではなかった。

「何があったんですか？」

新田の少し長い茶色がかった髪の毛は、完全な白髪に変わっていたのである。

ツムギの震え声の問いに、新田は答えるだけの力がなく、赤井局長もまた何も説明する気はないらしい。

「じゃ、わたしはこれで」

赤井局長はまるで宴会を早めに退出する人みたいに、ひょいと頭を下げて、ひょいと片手を上げて、ツムギのわきをすり抜けた。

気配に気づいたらしく、社長がいつものせっかちな感じで駆け付けて来る。

「少ないですが、これをお納めください」

ご祝儀（しゅうぎ）袋を差し出すので、赤井局長は大きなてのひらを、ワイパーみたいに動かした。

「いえいえ、そんな、けっこうですよ。わたしは、聴いてくれる人が居るだけで、嬉しいんです」

聴いてくれる……とは、何のことだろう。

ツムギは探るような目で、赤井局長を、社長を、新田を、視線でスキャンでもするように見比べた。

「そうはいわず、お納めください。大した額は入っていません。郵便局の皆さんにバーベキューのタレでもおみやげに買ってくださいよ」

「そうですか。では、遠慮なく」

赤井局長は、懸賞金を受け取る力士みたいに手刀を切って、ご祝儀袋を受け取った。

新田を腑抜けみたいにして、白髪にしてしまったご祝儀なのか。

この二人は、なんというか、危険だ。なんというか、恐ろしい。

赤井局長はぴかぴかに磨いたミニバンに乗って帰って行った。

意外なことに、新田もまた、愛車のＢＭＷを自力で運転して立ち去った。クルマは浦島汽船の人間に見つからないように、近くのコインパーキングに停めていたのだ。

――しかし、あんなに茫然自失の態で、総白髪にまでなって、クルマの運転なんかして大丈夫なのだろうか。

「大丈夫、大丈夫」

小沢さんが何でもないことのように請け合うので、ツムギはいささかムッとした。

「だって、新田さん、髪の毛が真っ白になっちゃったじゃないですか。あの赤井局長って人に、いったい何をされちゃったんですか？」

「怪談を聞かされただけよ」

「怪談って——耳なし芳一（ほういち）とかの、あの怪談ですか？」

「そうそう。赤井さんは、怪談を語る名人なのよ。あの人の話があんまりにも怖いから、まともに聴いてしまったら、その恐怖に耐え切れず、怪談のこともここに来たことも、ごっそりと忘れちゃうのよね。その前後のつじつまは脳が勝手に補正するから、何日分かの記憶が抜け落ちても、本人はそれに気づきもしないわけ」

「えー」

「あの新田という男が、こそこそと探り出した記憶は、全て消去されたのよ。それにしても、馬鹿な坊やだわよねえ。よけいなことに首を突っ込まなきゃ、怖い思いもしないで済んだものを」

そういって、小沢さんは「ふん」と鼻で笑った。

「じゃあ……。新田さんの記憶を消す目的で、赤井局長を呼んだんですか？」

殺して口を封じるよりはマシだけど、しかし記憶を操作するなんて充分に恐ろしい。

日々の忙しさに何も考えずに働いてきたものの、ツムギは改めて自分の今居る場所について、底知れなさを感じた。

4　元弥とお蓮の駆け落ち

波が光に弾(はじ)けて、海一面が銀色に見える日だった。

ツムギが赤殿中といっしょに埠頭の掃き掃除をしていると、小舟が桟橋に近付いて来た。

それは、ボートというよりも時代劇でみる川舟のような形をしていた。

そう思ったのは、時代劇スタイルの船頭(せんどう)が舵(かじ)を操(あやつ)っていたからである。時代劇の川舟のような……といっても、船尾にはエンジンが取り付けてあり、やかましいエンジン音をたてていた。

また、変なものが来た。

ツムギは、そう直感した。

亡くなった人を運ぶ幽霊船のサスケハナ号も不思議千万だが、この小舟も普通じゃない雰囲気をムンムン漂わせている。——というのは、乗っていた人たちが時代劇スタイル……つまり江戸時代みたいな着物を着て、江戸時代みたいなヘアスタイルをしていたのだ。

それは三人の若い男女だった。着流しに羽織を着て、どこか頼りない感じのイケメンと、色っぽい美女。船頭は日焼けした、やはりちょん髷の若者である。イケメンは若旦那って感じだし、美女は芸者って感じで、船頭の本業は魚屋か八百屋って感じがした。

驚いたことに、三人はそのとおりの者たちだった。三人とも、テレビでみる時代劇よりも着物と髪型が板についている。それもそのはず、三人は江戸時代から来たのだ。正確には、江戸時代からずっと鎖国をして、文明開化とも文明の利器とも無縁な奇妙島から来たのである。

「ひょえー」

ツムギが目を丸くしたので、三人は声をそろえて笑った。

「こっちじゃ、驚いたときにそんな声を出すのかい？　面白いよ、もっかいやっとくれ」

「え……」

若旦那に頼まれて、ツムギはたじろぐ。

そんなツムギのことなど放ったらかしにして、若旦那は船頭に向き直った。

「舜助や、いいかい。このことは、だれにもいっちゃいけないよ。おっかさんにも、伯母上どのにも、おまえのおとっつぁんにも内緒だからね。告げ口したら、承知しないよ」

若旦那は、船頭のことを舜助と呼び、小判を二枚手渡した。

舜助は親指で鼻の頭を撫でると、にやりとする。

「がってん、承知！　毎度あり！」

お金をもらった舜助は、売店に直行した。

江戸時代の人は、いったいどんな買い物をするのだろう。ツムギはこっそり後について行く。

舜助は慣れた様子で買い物かごを持ち、次から次へと商品を入れ始めた。アイスキャンデー、ポテトチップス、コーラ、焼きそばパン、蒸しパン、チョコレート、肉まん。小沢さんがせっせと会計する間、舜助はこちらに鋭い視線をくれた。

ツムギが「むっ」と身構える。舜助は不意に、子どもみたいな無邪気さで「にかっ」と笑ったので、ツムギは面食らってしまった。

「それじゃあ、ご一同さん、ごめんなすって」

舜助はレジ袋を大事そうに抱えて、にこにこしながら桟橋に駆けて行く。ひらりと舟に飛び乗ると、慣れた手つきでエンジンを回した。

「娘さん、またな。あばよ！」

ツムギは、そう声を掛けられた。

「さ、さよなら……」

舜助はこれから奇妙島に帰るのか。アイスは溶けないうちに、海の上で食べるのだろう。でも、あんな小舟で往復できるのなら、奇妙島は案外と近い場所にあるのかもしれない。つまり、こことあの世との境目はさほど離れていないということか。

気を呑まれて手を振るツムギの後ろに、小沢さんが来ていた。

「あの子ね、舜助ちゃん、三五兵衛さんのひとり息子なの」

「三五兵衛さんの……息子？」

驚いてしまった。

あの執事みたいな三五兵衛に、あんな江戸時代みたいな息子が居たとは驚きだ。いや、分別のかたまりみたいな三五兵衛に、あんなお猿さんみたいに遠慮を知らない息子が居たとは驚きだ。

「いろいろあるのよ、あの親子も」

小沢さんは、親子のいろいろを話したくてうずうずしているように見えた。

＊

若旦那と芸者は、こちらの岸に残ってしまった。

若旦那の名は、元弥(もとや)。芸者はお蓮(れん)という。ふたりとも、やはり奇妙島の者だという。

元弥は島主の甥っ子で、お蓮は彼の恋人だそうだ。三五兵衛の名前も時代劇風だったけど、この二人などは江戸時代そのものだ。

(やっぱ、開国していないんだ)

コーヒーを出すと、二人はうまそうに飲んだ。鎖国の土地から来ても、コーヒーは好きらしい。

「開国派の志士ってのが、やたらと騒ぎ回っててさあ。あたしのことを、島主の跡継ぎに担ぎ出そうとして、鬱陶しいったらないんだよ。やつらの魂胆は、見え透いてるのさ。あたしを自分たちの操り人形にして、島を好き勝手にしようって腹なのさ」

おー、やだやだ、といって、元弥は顔の横で繊細な形の手を振った。

江戸時代の黒船来航後もずっと鎖国を続けている奇妙島だが、今になって開国を主張する人たちが現れている。

「奇妙島に開国派が出てきたのは、ここ二十年ばかりだと聞いてますなあ」

社長は、わけ知り顔でいった。ツムギが思っている以上に、奇妙島の事情に通じているようだ。

社長の言葉を受けて、元弥はもう一度「いやだ、いやだ」と手を振った。

「改革開放なんて、まっぴらだよ。あたしらのＤＮＡには、進歩って文字はないんだ」

元弥は、それでも対外事情を知らなければ出てこないような言葉を使う。

「あのぉ、元弥さんの親御さんは……」

ツムギはおずおずと訊いた。

「あたしの、おっかさんはお由木ってんだよ。島主さまの上の妹さ」

元弥はツムギを見てにっこりと笑った。無邪気で優しくて、とろけそうな表情だ。

ツムギは思わず顔が熱くなった。

「おまえさん、お由衣叔母さんの娘なんだってね。あたしたちは、従兄妹同士だ。どうか、よろしくね」

それから、ツムギが着ているTシャツの袖を撫でて、苦笑いする。

「あたしの従妹が、こんな今様のものを着ているなんて、なんだか笑っちまうよ。開国したら、こんな裸同然の格好をしなくちゃなんないのかい？」

「裸って……」

そういわれると、恥ずかしくなってしまう。

確かに、元弥もお蓮も、帰ってしまった舜助も、涼し気な生地だが着物をしっかりと着こんでいる。元弥などは、着物の上から羽織まで重ね着していた。

「おまえさん、名前はなんていうんだい？」

「ツムギです。どうぞ、よろしくお願いします」

「へえ、ツムギちゃんてのかい。こっちで暮らしていても、妖怪なんか連れているんだねえ。おい、赤公、こっちにおいで。おいおい、赤公」

元弥は赤殿中を無理に抱き寄せ、赤殿中はいやそうにもがいた。

お蓮が、かたわらから「あんた……」といってたしなめる。

そんな様子を眺めていた社長が、難しい顔で口をはさんだ。

「坊ちゃん、どうしてここまで来たのですか？　島の掟に反する行為ですぞ」

元弥は「だからいったろう」と、膨れっつらをする。

「開国派の連中がうるさいんだよう。あたしに奇妙島を継いで、島主になれっていうんだ。そして、ペリーの持っている条約の文書に署名しろって、もううるさいったらありゃしない」

「警護の者を増やして、そんな連中を坊ちゃんには近づかせないようにさせたらよろしかろう」

「馬鹿、おいいでないよ」

元弥は憤慨した。

「じゃ、なにかい？　遊山に行くときも、花街に行くときも、そんな無粋な連中を引き連れて行けってのかい？」

元弥は見かけどおり、遊び歩くのが好きみたいだ。

ツムギの推量を読んだかのように、元弥はこちらを見て片目をつぶった。ウインクなど、江戸時代の人の習慣ではあるまいに。

「元弥さんは、鎖国派なんですね」

「いんや」

元弥は扇子を開いて、顔をあおぐ。

「あたしは、奇妙島が鎖国を続けようが、開国しようが、どっちゃでもかまやしないのさ。ただし、面倒くさいのが、いやなんだよう。それでね、このお蓮を連れて恋の道行きと洒落(しゃれ)こんだわけなのさ」

「それって？　駆け落ちってことですか？」

ツムギは目を丸くした。駆け落ちした人なんて、初めて見た。

「そんなこと、ないだろう」

元弥は憤慨する。

「おまえさんの、おとっつぁんとおっかさんだって、駆け落ちしてこっちに来たんじゃないか。おまえさんは、生まれたときから、駆け落ち者を見ているんだよ。えらそうなこと、いって欲しくないねえ」

「しかしですなあ、坊ちゃん。開国派はどうあれ、あんたが跡継ぎの有力候補だってのは、ゆるぎなきこと。そのお方に現世(うつしょ)への渡航を許したとあっては、この浦島汽船、島主さまに顔向けができ申さん」

なんだか、社長まで時代劇言葉になっている。

「なんだい、お説教かい？　あたしらを引き離そうってのかい？」

お蓮が腕にすがり付き、元弥はむくれた。

社長は、横目で探るように相手を見る。

「しかし、駆け落ちの理由は、それだけではありますまい」

「さすが、浦島汽船。鋭いねえ」

元弥は扇子で顔を隠し、目だけを見せて笑った。

「実はね、おっかさんが縁談なんてもって来たんだよ。その相手の娘ってのが、とんだへちゃむくれでさ。あたしゃね、これでも島随一の器量好みで通ってるんだ。あんなゴーヤチャンプルーみたいな娘を嫁にしたんじゃや、末代までの笑いものだよ」

そんなことをいったら、お相手にもゴーヤチャンプルーにも失礼だと、ツムギは思った。

「つまり、このたびの坊ちゃんの駆け落ちは、お由木さまへの抗議というわけですかな？」

「さすが、浦島汽船は察しがいい。そうとわかったら、あたしらにも、その今様の装束と、寝泊まりする場所を用意しとくれ」

社長はうなずくと、ツムギを見た。

この駆け落ち従兄カップルの世話を、ツムギが任されることになってしまった。

「へ？」

「だそうだ」

「あの――すみません」

ノックと一緒に、社長室のドアが遠慮がちに開いた。

若いのに真っ白な髪の毛をした人が、愛想笑いをしている。

ウェブデザイナーの新田だった。

この人は、密航して見つかるだとか記憶を消されるだとかさんざんな目に遭っているけど、何しろ問題になった記憶を消されたために、いまだ浦島汽船のインターネット周りのことを請け負っているのである。

「ブログのバナーを作ってみたんですけど、見てもらえますか？」

新田が携えたタブレットパソコンを、元弥は物欲しそうに見つめる。

新田もまた、元弥とお蓮の着物姿を、不思議そうに眺めた。

5　ツムギ、蒸気船に乗る

元弥とお蓮は市内のシティホテルのスイートルームに泊まっているが、退屈をもてあまし、うるさくてしょうがない。やれゲームソフトを買って来い、やれ買い物に連れて行け、やれ観光地に案内しろ。

「あーあー」

クロスワードパズルの専門誌と消せるボールペンを投げ出して、元弥は伸びをしてあくびをして悪態をついた。

「なんだい、ちっともおもしろかない。エッフェル塔でも見せに連れて行っておくれ」

「そんな時間もお金もありません」

「この子は下女のくせして、あたしに楯突く(たてつ)のかい！」

「下女じゃないでしょ。従妹でしょ」

「うるさい、うるさい、うるさーい！」

消せるボールペンを持って迫って来ると、元弥はツムギの鼻の下に髭を描いた。きゃははと笑い、社長だね、女社長だなどと騒ぎ出す。

「ひどい！」

ツムギが涙ぐむと、元弥は腕組みをしてプイッとわきを向いた。

「エッフェル塔じゃなくていいから、ドライブにでも連れてお行き」

「あたし、クルマの免許持ってませんから」

「おやおや。まったく、使えない娘だねえ」

「あんた、そのへんにしておおきよ」

お蓮がすまなそうに目で詫びると、手ぬぐいに唾を付けてツムギの髭を拭き取ってくれた。それも、ちょっと……。

元弥はずっとそんな調子である。

社長から経費は受け取ってはいるが、エッフェル塔を見に行く予算などあるはずもなく、温泉にも行けず、連れて行ったのは近所のスーパー銭湯と、入場無料の市立植物園くらいのものだ。だから、文句をいいたいのも、少しはわかる。

ただし、服装はともかく、二人の髪型はちょん髷と日本髪なのだ。帽子で隠しても、かなり目立つ。アフロのカツラをかぶったりしたが、これまた目立つのだ。

「あーあー、パリジェンヌとハドソン川の畔（ほとり）を散歩したいもんだよ」

「パリジェンヌと散歩するのは、セーヌ川の畔だと思うけど……」

ツムギは溜め息をついた。

元弥たちの世話のほかに、浦島汽船でのただでさえ忙しい業務も、相変わらずきちんとこなしているのである。

「ひまだ、ひまだよ、ひまですよ。ツムギ、なんとかおし」

「はいはい」

仕方がないから、サスケハナ号出航の後の掃除を手伝わせてみた。

これが庶民の方便（たずき）というものだ、お坊ちゃんもせいぜい働いてみなさいと思っていたのだけど、元弥はこれをいたく面白がった。

色紙をちぎって飛ばすというのが、子ども時代にはお気に入りの遊びだったらしい。

以来、サスケハナ号の出航を待ちわび、エキストラに混ざって紙吹雪をまき、ブブゼラを吹き鳴らして、航海のお客さんの見送りをするようになった。

ツムギと赤殿中、元弥とお蓮が、『東京レレレのレ』を歌いながら、紙吹雪の掃除をしていたときである。

小舟の群れが、埠頭に向かって来た。

舜助が操っていたのと同じ、木製の細い小舟にエンジンが取り付けてある。

その数は、かつて浦賀に黒船が来航したときに、偵察に、見物にと繰り出してきた日本側の小舟船団のように、びっしりと海面を覆いつくした。

その先頭で、丸髷に裾模様の鮮やかな着物を着た中年婦人が、不安定な舟の上にすっくと立ってこちらを睨んでいる。

その顔を見て、ツムギは唖然とした。

「おかあさん……」

「おっかさん……」

となりに居る元弥が、ツムギの母にそっくりな婦人を見て、度肝(どぎも)を抜かれている。

それは、ツムギの母にあらず。

伯母のお由木だった。

*

「ああ、わかったよ、わかったよ。おっかさんが悪かった。お登世(とせ)との縁談は断ってあげるから、さっさと島におもどり」

社長のソファに足を組んで座り、お由木は煙管に火を点けた。

お登世というのは、元弥の気に入らなかったという見合い相手の名だ。

「もどって来なきゃ、月々の小遣いは差し止めだ」

「おっかさん、そんな殺生な」

「殺生もクソもあるもんかい。ツムギちゃんを、見習いな。自分の食い扶持は自分で稼ぐ、そんな下着よりもペラペラな今様を着て貧乏暮らしに耐えてるんだ。おまえにそれができるかい」

お由木は、さらりと失礼ない方をする。

この人は息子と同じで、若いときはかなりな遊び人だったらしい。格式のある島主一族の中でははねっ返り娘だった。元弥を産んだときも初手からシングルマザーで、父親である男と所帯を持とうとはしなかったそうだ。

「あたしゃ、これでも自由って言葉の意味を理解した、物分かりのいい母親のつもりだよ」

「そりゃ、おっかさん、わかっているよ。おっかさんは、天下一のおっかさんだけど……」

「なんだね、それじゃ不足だってのかい」

お由木は怖い目で息子を睨んでから、急に相好をくずした。

「わかったよ。おまえが欲しがっていた、アレ、なんだね、アルパカかい？　そう、アルパカを飼ってもいいよ」

「本当かい、おっかさん！」

元弥は小さな子どものように喜び、となりで聞いていたお蓮は「やれやれ」というように、頭を振った。

ツムギは、アルパカなどという珍しい動物が飼えるのだろうかと、スマホで検索する。

（なになに……）

アルパカは飼えるらしい。

一頭、二百万円。習性上、多頭飼いが望ましい。

牧草地のほかに、新鮮な水場、副食には穀物を与えることと書いてある。

ツムギは呆れた。島主の甥っ子には、そんな巨大スケールのわがままが許されるのか。

「ツムギちゃんといったねえ」

お由木がこちらを向いたので、ツムギはびっくりして背筋を伸ばした。

「は、はい」

「ちょうどいい機会だ。おまえも、いっしょに来るといい」

「え――それは」

ツムギがびくびくするので、お由木は扇子を開いて、楽しそうに振った。扇子には

『I ♥ 奇妙島』と筆で書かれてあった。

「何も取って食おうってんじゃない。すぐに奇妙島に住み着けといってるわけじゃないよ。おまえの両親が育った島を一度見ておくのも、悪いことではあるまいってことさ」

「それは――そうですよね……」

「おや、そうだ、そうだ」

お由木は自分の膝を「ぽん」とたたく。

「あたしとしたことが、元弥が世話になったお礼を持ってくるのを忘れてしまった。ツムギや、奇妙島に着いたらおまえに預けるから、社長さんに渡しておくれ」

「は、はい」

うなずくツムギの後ろで、社長がほくほく顔で揉み手をした。

＊

お由木の提案に、社長も小沢さんもすぐに賛成した。社長なんか、元弥のために立て替えたお金がもどってくるのだから、なおのことだ。

三五兵衛の突然の訪問から、あれこれと想像をめぐらせてきた奇妙島へ、ツムギもとうとう足を踏み入れることになったのである。

ツムギが乗るのは、木製のモーターボート船団ではなく、あのサスケハナ号だった。

幽霊船で妖怪の住む島へ行く——。

いかにも恐ろしげなことだが、サスケハナ号は生きているツムギが乗っても底が抜けることはなく、いかにも力強く桟橋を発った。

天国行きの航海ではないので、いつもの派手な見送りはない。その代わり、あのペリー大佐がわざわざツムギと元弥を連れて船内を案内してくれた。

お蓮とお由木は、小舟の方に乗っている。お由木が息子をサスケハナ号に乗せたのは、お蓮と引き離したかったということもあるようだ。

ツムギはピンクのバックパックを背負い、Tシャツ、ジーンズに、スニーカーといういでたちだった。元弥はそれを見て「色気がないねえ」と呆れている。美人芸者のお蓮にくらべたら、色気がなくても仕方がないではないか。

サスケハナ号は世界の海を旅してきただけあって、巨大で、水兵や士官たちが大勢乗っていた。その数、三百人。大きな船も、狭苦しく感じる人数だ。

「やあ、パパ。可愛いお客さんだね」

ペリー大佐の息子のオリバーという青年が、父親に片手を振って見せ、ツムギに恭しく会釈した。

彼はペリー大佐の秘書を務めていた。似ていない親子で、オリバーは好青年だ。つまり、ペリー大佐は気難し屋のおじさんだった。

「パパではない。司令官どのと呼べ」

不機嫌な大型犬みたいに、ペリー大佐はうなった。頬がたれているので、グレートデンによく似ている。

奇しくも、オリバーが同じことをいった。

「うちのパパって、グレートデンっぽいよね」

「わがはいが、犬に似ていると?」

ペリー大佐は気を悪くした。

「いやいや、ペリーさんって、オスカー・ワイルドに似てませんかい？」

「だれだね、それは」

「『サロメ』っていう芝居を書いた、伊達男でね。たいした傾奇者(かぶきもの)でござんすよ」

元弥がツムギのスマホを勝手に使って、その伊達男の写真を表示させた。

ペリー大佐より少しだけ後の時代に活躍した、イギリスの作家である。

それもまた、ペリー大佐には気に食わなかったようだ。

「こんなちゃらちゃらした男の、どこがわがはいに似ているというのだ」

顔が長くて大きいところと、少し長い髪型、上等の服をむちむちに着こんでいるところが、確かに少し似ていた。

それを認めたのか、ペリー大佐は「ふん」といい、軍靴(ぐんか)を鳴らして足早に通路を歩く。

「ここが機関室――ここが操舵室(そうだ)――これが蒸気機関――ここが船尾室」

船底までは、狭い階段を四階分降りた。

巨大な船は幕の内弁当みたいに、さまざまな機能の部屋に分かれている。

機関室、武器庫、船室、厨房……。なんと、馬も乗っていた。

なぜか、全自動洗濯機を供えた洗濯室もあった。第一甲板と第二甲板には大砲が並び、三本の帆柱は風を受け、娯楽室には大きな４Ｋテレビが備え付けられている。飲み物と煙草の自動販売機もあった。

「最近では、乗組員の福利厚生などうるさくてな」

そういいながら、ペリー大佐はツムギたちを自分の執務室である船尾室に連れて行った。

上等な家具を設えた、重々しくも居心地の良い空間だ。

アメリカの懐かしい風景を織り込んだタペストリーが掛けてあり、執務机はあめ色になった木製で、繊細な彫刻が施してあった。

ツムギたちは、座り心地の良い長椅子を勧められた。

元弥は行儀悪く腕を伸ばして、洋酒の瓶をつかむ。断りもなしにグラスに注ぐと、ごくごくと飲み始めた。呆れたツムギがひじ鉄を食らわせたが、平然としたものだ。

「す、すみません……」

ツムギは頭をぺこぺこと下げ、話題を探しあぐねて黙り込み、困ったように笑うしかなかった。

「今、アメリカはどうなっているかね？」

ペリー大佐が仏頂面でそう尋ねてくる。

「え？　ええと」

時事にまったく明るくないツムギは、頭を掻き掻き「ええと、ええと」を連発した。

「コ……コカ・コーラが美味しくて、ですね……。かなり前に宇宙飛行士が月に行きまして、ハリウッド映画が面白くて、レディー・ガガとかがかっこいいです」

「むむ。月に行ったとは、あのMoonに人が到達したというのか」

「かなり昔のことですけど」

「偉大なり、わが祖国」

ペリー大佐は胸に手を当てて、天をあおぎ見た。実際には、天ではなく天井を見たのだが。

「月に行くための動力は、やはり蒸気機関か？」

「ちがうと思います」

「では、何を動力にして空を飛ぶというのだ」

ペリー大佐は立派な背表紙を並べた本棚に向かい、調べものを始めた。

おそるおそる覗き込んだツムギだが、当然ながら全て英語で書かれていたため、少しも読めない。

「うぃー」

元弥は備え付けのお酒を空っぽにしてしまい、酔っ払って、ふらふらと出て行った。

「ちょっと、元弥さん、ちょっと」

慌てて後を追ったものの、元弥の姿はすでに視界にない。

船は沖まで来たらしく、右へ左へと揺れ始めた。

狭い通路をよろよろと進み、揺れる梯子をふらふらと下り、そして上り、すぐに自分がどこに居るのかわからなくなった。機械音がして、馬が鼻をならしている。気の良い水兵が、敬礼して通り過ぎた。

元弥を見つけたのは、だみ声の歌が響く人だかりの真ん中だった。元弥は4Kテレビのある娯楽室の中央に居て、貴婦人のコスプレをして口三味線で端唄を歌っていた。

「梅は〜咲いたか〜桜はまだかいな〜」

「元弥さん、ちょっと、元弥さんたら」

元弥はテーブルに乗ってストリップの真似事をはじめ、水兵たちが爆笑と喝采を送る。

元弥がふんどしの前垂れをはためかせて「うっふーん」などといっていると、背後から恐ろし気な気配が迫って来た。

「…………」

びくびくと振り返ったすぐそばに、ペリー大佐の怒りで紅潮した大きな顔があった。

ツムギは水兵たちを掻き分けて元弥にしがみつき、テーブルから降ろそうとする。

「元弥さん、ヤバいです」

しかし、元弥は「うっふーん」と科を作って、ふんどしを揺らし続ける。

水兵たちは司令官の登場に気付いて、騒ぐのをやめた。「ヤバい」「ヤバい」と水兵たちは日本語でいいあい、そして黙った。

元弥の口三味線のほかは、水を打ったような静けさになる。

「ばっかもーん！」

元弥がわれに返るより早く、ペリー大佐の雷が落ちた。

水兵たちはバネ仕掛けのように飛び上がり、急いでペリー大佐に向き直ると、背筋を伸ばして敬礼する。

「のあ〜？」

酔いの覚めない元弥は、半裸のままで営倉に放り込まれた。

＊

ペリー大佐と並んで甲板に立ち、海原を眺めた。

海は信じられないほど青く、空と同じ色をしている。

遠くに、帆まで黒い帆船が見えた。

「あれは、海賊船だ」

「え？　この海に海賊が居るんですか？」

「きゃつらも、幽霊船だがな」

海賊船長は肩に鸚鵡を止まらせて、片足が無くて、片腕がフックになっているのだろうか。ツムギの中で、『宝島』と『ピーターパン』が混ざり合っている。

「見たまえ」

ペリー大佐が長い腕を伸ばす。

遠くをイルカの群れが跳躍していた。

眼下の波間に、魚の群れが見える。

水平線に虹がかかっていた。

「わあ、きれいですね」

ツムギには、この世の眺めとは思えなかった。

その感嘆は、ペリー大佐を喜ばせたようだ。相変わらずぶっきらぼうだが、案外と親切に奇妙島のことを教えてくれる。それは、三五兵衛がいったことと重なった。

奇妙島は、この世とあの世の中間にある。

なぜならば、この世にあってはならない土地だから。

安政(あんせい)元年、奇妙島は鎖国を続けるために、日本という国からではなく、現世(うつしよ)から離れた。それは、奇妙島がその名のとおり、近代とは相いれない存在だったから。奇妙島には、妖怪やもののけが当然のように存在する。

「その、肩の上の毛玉のようにな」

ペリー大佐は赤殿中を指していった。

「毛玉じゃないヨ！　赤殿中だヨ！」

赤殿中は、タヌキなのにフグみたいに膨れた。

ともあれ、ツムギは自分以外の人間に赤殿中が見えることに慣れてきている。それはとりもなおさず、自分が奇妙島の出身であると認めることに、慣れてきているのかもしれない。

「奇妙島には、侍は居ない」

驚いたことに、奇妙島には軍隊も治安機関もない。

人間の悪しき行いは「○○さまのバチが当たる」という言葉のままに、妖怪やもののけが罰してくれる。それはかなり苛烈なものらしい。

「豆に変えられて食われてしまったり、火車に連れ去られたり、海の泡にされたり――。悔い改める余地のない、怖ろしい罰ばかりだ。奇妙島で悪事は働かぬことだな」

「奇妙島の人たちは、どんな仕事をしているんですか？」

「貿易だ」

「え？」

貿易をしないからこそ、鎖国ではないのか？

そう問うと、ペリー大佐はツムギの頭を子どもにするように撫でた。

「よい質問だ」

「はい……」

「奇妙島を成り立たせている産業は、輪廻転生帖の生産である。それは、極楽浄土から下生する神秘の文書を、冊子に加工して現世に出荷することだ」

極楽浄土からもたらされるのは、人間の前世、現世、来世を記した神秘の書だと、三五兵衛がいっていた。それを得るためにも、奇妙島は開国してはいけないのだとも。

「輪廻転生帖とは、木版により量産された和綴じの本だ。この生産を取り仕切っているのが、島主なのだ。刷り上がった本は現世に運ばれ、日本全国の全ての市区町村にある戸籍担当の部署に届けられる。輪廻転生帖の生産と出荷こそが、奇妙島を成り立たせている産業なのだ。かの島が貿易で成り立っているというのは、そういう意味である」

「全国の市区町村って……」

ツムギはスマホで検索してみた。

国内の市区町村は、千七百以上ある。そんな沢山の場所に配ったりして、人間の前世、現世、来世などという秘密が守られるのだろうか。

「日本中に配ったら、秘密でも何でもないじゃないですか」

「役所に勤める者には、守秘義務というものがある。仕事の秘密を口外してはならないのだ」

ペリー大佐はなんでもないことのようにいった。しかし、ツムギは納得できない。

「たまに、ポロッといっちゃいたくなりません？」

「そんなことをしたら、どれほどの罰を受けるか知れたものではない」

奇妙島に関する祟りは、日本のどこに居ても逃れられない。

輪廻転生帖の秘密をもらそうものなら、来世は牛のフンに生まれ変わることが約束されている。

「牛のフンって、生物じゃない気がするけど……」

ツムギはぶつぶついう。

ペリー大佐はパイプに火を点けた。

「そのようなことは、知らぬ。ともかく、バラせば牛のフンだ。フフフン」

ペリー大佐は煙といっしょに、言葉を吐き出した。牛のフンになってしまうという罰が、この気難しい人には、ずいぶんと愉快であるらしい。

「じゃあ、輪廻転生帖は国に買い上げられているわけですか？」

「いかにも、さよう。閻魔庁から毎年の予算が計上されている」

閻魔庁などという役所、ツムギは聞いたこともない。

6　奇妙島上陸

元弥の家は、巨大な屋敷であった。

小学校ほどもの敷地に、瓦屋根の邸宅と、三つの蔵、そして運動会もできてしまうほどの広い庭がある。

小舟で浦島汽船を発ったお由木を待ちながら、庭を散策した。

蟬の声が、大気に融けている。クルマの排気音がどこからも聞こえないのは、不思議な感じがした。

築山にのぼって庭と屋敷を見渡した。空に龍が飛んでいるのを見付け、驚いて目を凝らす。

「龍だネ、龍だネ」

赤殿中が興奮気味にいった。

龍は緑青色のうろこまでが、はっきりと見えた。身をくねらせながら晴天を横切り、やがて消える。

屋敷から揃いの矢絣の着物を着た女の人が三人、ぞろぞろとやって来て、ツムギを呼んだ。

「御寮さまがお帰りでございます」

女の人たちは、お芝居みたいに声をそろえてそう告げる。

お由木がもどったということだ。

こちらの反応を見るでもなく引き返すので、ツムギは赤殿中と目を見合わせ、緊張しながら後に続いた。

「さすがペリーさんの蒸気船は速いねえ。モーターボートでも追い着きゃしない」

お由木の居間は、さまざまに彩色した和紙が障子に使われていて、それを通した陽光が畳に極彩色の模様を作っていた。

漆塗りに螺鈿で模様をほどこした丸テーブルと、同じ細工の椅子があり、お由木はそこでワイングラスを前に頬杖をついている。

「おまえも、呑むかい」

「ええと――いただきます」

「そうこなくっちゃ」

黒い切子のグラスに赤い液体がそそがれる。ツムギはそれを、ちびちびと舐めた。甘かった。アルコールの刺激が、つんと鼻の奥にしみる。

「おまえもお疲れだろうが、姉さまが会いたがっている。悪いけど、これから会いに行ってやっちゃくれまいか」

「もちろん。いいですよ」

「若い娘は、しゃきしゃきしてていいねえ。ああ、おまえのおっかさんも、しゃきしゃきした娘だったたっけね」

お由木は違い棚の上の手文庫から、小判を取り出した。

「元弥が世話をかけたね。そっちの社長さんに渡しておいとくれ」

無造作に、手の上に置かれる。二十枚あった。

「うわ」

小判はてのひらサイズの楕円形で、金ぴかで、扇に桐のデザインが刻印され、「令和」「壱両」という文字が読めた。奇妙島でも令和という元号が使われ、そして今も小判が鋳造され出回っている。江戸時代のままなのだから、驚くことではないと思いながらも、実際に目にすると驚かずにはいられなかった。

一両が何円に相当するのかはわからないけれど、二十枚だとかなりの金額だろう。

以前、三五兵衛が千円札を使っていたが、島のどこかで両替ができるのだろうか。両替して、アルパカを買うのだろうか。

「元弥にも困ったものさ」

お由木は、あまり困ってもいない様子でいった。

伯母さん、息子をもっと叱らなくちゃだめだよ。そういいたかったけど、小判を返せといわれても困るので黙っていた。

＊

島主であるお由良の屋敷は、敷地と建物こそ広く大きいが、全体的にお由木の館より簡素で地味だった。

通りに面して格子が設えてあり、正面口に『奇妙問屋』という看板がかかっていた。

戸口に垂れたえんじ色ののれんにも、『奇妙』の文字が白く染め抜かれてある。

ツムギが到着すると、使用人一同がうち揃って出迎えてくれた。これも、お由木の家の人たちより、地味な風采をしていた。

「お帰りなさいませ、お嬢さま」

「お……お嬢……」

お嬢さまといわれても、おかえりなさいといわれても困る。

と、たじろいでいたツムギだったが、いたってまっとうな使用人たちの中に、一人だけ変な者を見つけて、それどころではなくなった。

「あれ？」

それは、ラメが入ったような光沢のある藍色の着物を着た男である。

着物はひざ丈ほどしかなく、裾は破れてぼろぼろだった。

剃っているのか、禿げているのか、髪の毛はない。眉毛もない。

いや、変なのは着物や眉毛の問題ではないのだ。

そいつの肌は、真っ青だった。

そして、ひどく大きな目が一つだけ、鼻柱の上についている。

一つ目小僧だ。

いや、小僧という年配ではない、いうなれば、一つ目おじさんだった。

ツムギが女中さんに案内されて座敷に通されたときも、一つ目おじさんは後ろをついて来た。女中さんはそれを気にするでもなく、無視するでもなく、ツムギにも一つ目おじさんにも会釈して退出する。

うすぐらい六畳間に残されたツムギと赤殿中は、身を寄せ合って、青い一つ目おじさんをちら見した。

「何も取って食いやしないわよう。そんな目で見ないでくれる？」

一つ目おじさんは、普通の中年男性の声で女性みたいなしゃべり方をした。

「あたしは、ここの家つき妖怪で青坊主っていうのよ」

「家……つき……妖怪？」

「青……坊主……かイ？」

「あんたにだって、その毛むくじゃらのチビがついてんじゃないのさ」

一つ目おじさん改め青坊主は、爪の伸びた人差し指で赤殿中を指した。

ツムギは、反射的に、赤殿中をひっしと抱き寄せる。

「ふん。おっかさんの方が、別嬪(べっぴん)だったわね」

青坊主は一つだけの大きな目でじろじろとツムギを見てから、耳をそばだてる仕草をした。足袋(たび)を履(は)いたかすかな足音が近づいてくる。

「さあ、島主さまのおでましだわよ」

青坊主は、にやにやする。

からりと障子が開いた。

外の明るさを背負って登場したのは、母やお由木伯母にそっくりな中年女性だった。化粧もせず、男っぽい髷を結い、男物の着物を着ている。

上の伯母、お由良だ。

ツムギは伯母の悲しそうな目付きを見てとったが、その悲しそうな目はツムギの上に落ちるとすうっと細くなって笑った。

「よく来なさった。わたしがおまえの伯母じゃ」

「こんにちは。はじめまして、伯母さん。中島ツムギです」

ツムギは、見よう見まねで畳に手をついて頭を下げた。

この世の果ての島で、立て続けに大きな屋敷で伯母たちに会うなど、母が亡くなったころには予想もしなかったことだ。そう思うと、これが現実なのかと疑いたくなる。

顔を上げたとき、一番に現実離れしている青坊主は居なくなっていた。

「おお、おお、立派な挨拶だ。お利口さんじゃ」

お由良は、ツムギのことを幼児みたいに褒（ほ）めた。初対面の姪（めい）を前にして、お由良も混乱しているようだ。

「そんな粗末なものを着て。ずいぶんと苦労しているのじゃろう」

「いや、これは普通です」

ツムギの返答を強がりと受け取って、お由良は「わかっておる」といいたげにほほえむ。

「お由衣は幸せだったのかえ？　思い出せばつらかろうが、お由衣の最期の様子を教えておくれ」

「はい」

母は生命保険会社の外交員だった。手芸が得意で、小田和正のファンで、バス旅行が趣味で、ＮＨＫの朝ドラと恋愛小説がとくに好きだった。

「そして、仕事が好きでした」

急いで乗ったタクシーのリアシートで、急な心臓発作で亡くなってしまった。予兆もなく、覚悟もできないまま、二度と会えなくなった。

そのときのことを、思い出すままに告げると、お由良は袖で涙を拭いた。そのまま、袖で鼻までかみそうになったので、ツムギは慌ててポケットティッシュを差し出す。なにせ、着物の洗濯は大変そうだから。

「お由衣とは、あの子が十七のときにここを出て行ったきりになってしもうたのう」

それでも、お由良は妹夫婦の生活を陰で助けてきた。お由良が裏から手を回して、戸籍などもでっちあげたそうだ。奇妙島島主というのは、現世でも密かに顔が利くらしい。

「そうだったんだ……。でも、どうして？」

「故郷を捨てた妹なれど、人並みの暮らしが立たぬのでは、哀れじゃからなあ」

「母の遺骨を、こちらのお墓に入れてもらっていいでしょうか」

「そうするがいい。ここがお由衣の故郷ゆえ」

「あの……。父の遺骨もついでに……」

「うーむ」

お由良は反射的に口を「へ」の字に曲げたが、結局は「うん、うん」とうなずいた。

「よかろう。正助も可愛いそなたの父じゃからな」

可愛い……。

伯母に、そういわれるのは嬉しかった。しかし、続く言葉はツムギを驚かせる。

「ゆくゆくは、娘のそなたもこちらに戻る身じゃ」

(えー)

ツムギは「いや」ともいえず、さりとて素直に「はい」というわけにもいかず、困った。

「奇妙島が今、二つに割れているのは知っておるか」

開国派と鎖国派に分かれているという意味だ。

元弥をお由良の養子にして島主を継がせろというのが、主に開国派の主張。

ツムギがお由良の養女となって次の島主となるべきだというのが、現状維持、つまり鎖国派の意見だ。

「それは、ちょっと……」

ツムギは口ごもりつつも、遠慮したいという態度でいった。

こんな時代劇みたいな島の最高責任者になるなど、どう頑張っても想像ができない。

それを謙虚さゆえのことと受け取ったお由良は、感激の態でツムギを見た。

「なんと、欲のない……。まこと、お由衣はそなたを良い娘に育てたものよ」

「ええと」

伯母がポケットティッシュをプシップシッと引っ張るのを見て、「そうじゃなくて」といいだせないツムギであった。

＊

輪廻転生帖を作る作業場を案内してくれたのは、青坊主である。

青くて、一つ目で、おじさんの声で女性の言葉を話す妖怪と並んで、広い敷地をめぐるのは、何とも落ち着かなかった。

輪廻転生帖は、極楽浄土から下される全日本国民の前世、現世、来世の情報を、複製したものである。

版木に彫り出し、それを刷り、製本する。多くの島民が、この事業に従事していた。そして、出来上がった冊子は、日本中の役所に郵送する。

「郵送？」

「ふふ。いいところに気付いたわね。そう、書留郵便で送るのよ」

「郵便局まで持って行くんですか？」

ここのちょん髷の人たちが、浦島中央郵便局の郵便窓口に持参する？　それではずいぶん目立つだろう。

「そんな面倒なことしなくても、郵便局の方から出張して来るのよ。それを、サスケハナ号で送るわけよ。輪廻転生帖に関することは極秘だから、よそでしゃべっちゃ駄目よ」

「だったら――。三五兵衛さんも、青坊主さんも、どうしてそういうことを部外者のあたしに教えるんですか？　こんな風に職場見学みたいなことまでさせてもらって――」

困りますとは、なかなかいえない。

青坊主も、そんなことをいわせるつもりはないようだ。

「それは、あんたが部外者じゃないからよ。ちゃんと教えておけと、お由良さまにもいいつかってんのよ」

「え？　なんで？」

「あんたが、いずれここの島主になるからに決まってるでしょ」

「…………」

ツムギは情けなく眉毛を下げた。

知らないうちに、とんでもない方向に話が進んでいる。

「そんないやな顔をしなさんな。ここの暮らしはエコでいいわよ。水洗トイレがないから水が無駄にならないし、ストーブもエアコンもないから、二酸化炭素なんかも排出しないし、インターネットがないから、よけいな情報に振り回されることもないわ」

少しも良くない。

「青坊主は、昔からここに居るのかイ？」

赤殿中が訊いた。

「おまえは、どうなのさ」

「知らないヨ。覚えていないヨ。気がついたら、ツムギと暮らしていたんだヨ」

赤殿中に関する記憶は、ツムギもまったく同じだ。物心ついたときから、赤殿中はかたわらに居た。父も母も、赤殿中のことはまるで無視していたものだった。だから、ツムギは自分にだけ見える妄想だと思ってきたのである。

「あたしは、八百年前からここに居たわ」

青坊主がとんでもないことをいい出すので、ツムギも赤殿中も目を丸くした。

「あんたのおっかさんのことも、赤ん坊のころから知ってる」

尋ねる前から、青坊主は滔々と語り出した。

「お由衣ちゃんは、番頭の三五兵衛どんと婚約していたのよ。だけど、密かに恋仲だった正助と駆け落ちしちゃったのよね。三五兵衛どんはずっと立ち直ってなくて、今でも独身だってわけ」

「え？　だって、三五兵衛さんには舜助さんっていう息子さんが居るじゃないですか」

「まあ、それは、三五兵衛どんも人間だからさあ」

お由衣が駆け落ちした後、ヤケを起して手妻の太夫とねんごろになった。手妻というのは、手品のことで、太夫はプリマドンナとでもいうべきか。

「それが、お鷹さんって人なんだけど」

お鷹は赤ん坊を身ごもった。それが、舜助である。

しかし、お鷹は三五兵衛の気持ちが自分にはないと知っていたから、所帯を持つことを望まなかった。身重のまま雲隠れして、舜助を一人で産んだ。

「お鷹さんが病気で亡くなった後、舜助はじいさんとばあさんに育てられたのよ。三五兵衛どんは、お鷹さんが居なくなったとき、てっきり自分はまた捨てられたと思ったのだけど、本当のことを知ってずいぶん自分を責めたのよね」

三五兵衛がお鷹と舜助を捜し出したとき、お鷹の方はすでにこの世の者ではなかった。

「それでも舜助だけは引き取って、一緒に暮らそうとしたの。だけど舜助は、両親のあんまり幸せじゃないなれそめをじいさんとばあさんから聞いてたから、すっかり反抗しちゃってね」

舜助は三五兵衛のもとを飛び出して、長屋で一人暮らしをしている。ずいぶんと荒れていた時期もあったが、今では振り売りの八百屋として立派に生計をたてているという。

「でも、ぎくしゃくしているのは、三五兵衛親子だけじゃないのよね」

青坊主は、青い人差し指をぴんと立てた。

「三姉妹の長女のお由良さまは、娘時代から三五兵衛どんのことが好きだったのよ。だけど、親の采配で、末の妹が三五兵衛どんの許嫁(いいなずけ)にされちゃうし、その妹はほかの男と駆け落ちしちゃうし、三五兵衛どんは手妻の太夫とくっついちゃうし」

お由良は本気で好いた相手に、一度も失恋した。気持ちはもうぐちゃぐちゃである。

「全部、三五兵衛が悪いネ。悪い男だネ。信用できないネ」

赤殿中が可愛い目を怒らせた。

「あら。三五兵衛どんは、奇妙島のためにおのれを捨てて働いているのよ」

三五兵衛は、本家と奇妙島の資産を管理して、島の主要産業である輪廻転生帖の発行を采配して、台所方や修繕方や奉公人たちの管理をして、寄り合いの企画や調整をして、そしてその寄り合いに出席もする。

会社でいったら、全ての役員と秘書と中間管理職、ときとして現場の社員や作業員の仕事まで引き受けているのだ。

三五兵衛は、一年三百六十五日、一日二十四時間、休まず働く大番頭なのである。

「だから、悪くいっちゃ可哀想だわよ」

青坊主はそういって、前に元弥も歌っていた「梅は咲いたか桜はまだかいな」という端唄を鼻歌で歌った。あまり本気で同情しているわけではなさそうだ。

「まあ、あんなに働くのも現実逃避なのかもしれないわね。だけど、小僧さんとして、この店に来たときから、三五兵衛どんは本当によく働く子だったわ」

「お由良伯母さんは、独り身なんでしたっけ」

「そうよ」

男勝りな身なりは、島主として働くため、女性らしさを封印しているのかもしれない。それというのも――。

「結婚しなかったのは、三五兵衛さんのことが好きだったからなんですか？」

「でしょうね。ずっといっしょに居ても、すれ違う人はすれ違うのよね」

「お由良伯母さんは、三五兵衛さんに告白したんですか？」

「まさか。お由良さまは、気位が高いお方なのよ」

ツムギは赤殿中をぬいぐるみのように抱えて、「うーん」とうなった。

「二人とも、三十年以上も片想いを引きずっているなんて、駄目ですよ。青坊主さんのご利益で、何とかしてあげてください」

「妖怪には、ご利益なんてありません」

「えー」

ツムギは非難を込めて青坊主を見上げた。

「赤殿中は、いろいろしてくれるよね」

「ネー」

「わかったわよ。何か考えとく」

青坊主は膨れっつらでいうと、透明になり消えてしまった。

7　輪廻転生帖の郵送

台所で女中頭のおスミさんに呼び止められ、お饅頭をもらった。

「ここで食べていらっしゃいよ」

時刻は八ツ時、おやつの時間だ。女中さんたちと並んで食べていたときだった。

ズシッ……。ズシッ……。という地響きが、板の間を揺らす。

「わわ、地震かも！」

ツムギと赤殿中は慌てて立ち上がったが、女中さんたちは平気な顔をしておしゃべりを続けている。血相を変えたツムギを見て「やっぱり、驚くわよねえ」といって口々に笑った。

その間にも地響きはいっそう激しくなり、それは足音のごとく近付いて来るのだ。

実際、それは足音だった。

まるでアメリカンコミックのヒーローのような、鮮やかな青と赤のコスチュームに身を包んだ、恐ろしく大柄で体格の良い男が、重たそうな長持ちを二つも担いで土間を通り過ぎて行く。顔立ちが濃くて、眉毛が立派で、何より全身の筋肉がぱっつんぱっつんの服の下から、筋肉標本よりもなお際立っていた。

地響きは、この人の歩く音と振動だったのだ。

「鬼塚さん、お饅頭でもいかが？」

おスミさんが声を掛けると、アメリカンコミックのヒーローみたいな人は、顔よりも太い首を軋ませるようにしてこちらを向き「後でいただこう」といって、また歩き出す。

「…………」

ツムギと赤殿中は顔を見合わせ、ばたばたと走って鬼塚さんという人の後を追った。

ズシリッ……。

と、鬼塚さんが長持ちを置いた場所は、店の間に置かれた机の横である。辺りにあるのは何から何まで和風の調度ばかりなのに、それだけはスチール机だった。

キシキシと軋む回転椅子には、やはり洋服を着た人が腰かけている。

それは、パンチパーマの痩せて貧相な中年のおじさんで、一つ目ではないし顔は青くないけど、どこやら青坊主に似ていた。紺色の背広風のうわっぱりを着て、両腕には黒い腕カバーをはめている。

おじさんは鬼塚さんが信じがたい怪力を発揮して運んで来た長持ちの蓋を無造作に開け、中に詰められている冊子を一冊ずつ封筒に詰めだした。そのようにしたものが、すでに何列もうずたかく積まれている。

パンチパーマのおじさんの胸には『登天郵便局　貯金係長　青木』と記されていた。スチール机の前には、落語で使うめくりが立ててあって『登天郵便局　臨時出張所』と勘亭流の文字で書かれている。

（登天郵便局？）

ツムギは、きゅっと眉をひそめた。

（確か……）

恐ろしい怪談で新田の記憶を消し去った人が、登天郵便局の赤井局長だった。

この人は、あのお人好しのような、怪人のような、謎の人物の仲間ということか。

しかし、この世の海を越えたところで、同じなぞの郵便局の人と出会うとは、意外というか……不気味な偶然である。

「なによ、あんた。何か用でもあるわけ？」

青木というパンチパーマのおじさんは、いやな感じの目付きでこちらを見た。なんとなく青坊主に似ているが、女性言葉を使うしゃべり方までいっしょだ。

「あの……何をなさっているんですか？」

知りたいというよりは、少しでも場をやわらげたくて訊いてみた。

青木さんは、いらだたしそうに答えをよこす。

「書いてあるでしょう、郵便局の臨時出張所よ」

ぷりぷり怒る間も手が止まらない。感じは悪いが、事務処理能力の高い人のようだ。

「輪廻転生帖を全国千七百以上ある市区町村役場に送らなきゃならないわけ。輪廻転生帖は大事なものだから、普通郵便じゃ送れないんです。この島の連中が書留っていっても理解できないから、わざわざ来てやってんのよ。千七百通を超える書留を発送するのよ。忙しいのよ。話しかけないでくれる？」

「す、すみません」

たじろぐツムギから目を逸らし、青木さんは封筒にバーコードのラベルを張り、受領書を書き終えた郵便物の山を再び長持ちに詰め込む。

「はい、鬼塚クン。これで、オッケーよ」

「こころえた」

中身の詰まった長持ちを、鬼塚さんは両肩に担いで表に出た。どれだけの重さなのか、ツムギには想像がつかない。

ズシッ……。ズシッ……。

地響きとともに、鬼塚さんが往来を行く。

ツムギは、ただただ物珍しさに、その後をついて行った。

道行く人は、そんな鬼塚さんを拍手で見送る。大通りを、広小路を、橋を、小路を、ツムギは後からとことこと歩く。

鬼塚さんは、さっきツムギたちが到着した港まで行くと足をとめた。

そこにはサスケハナ号が停泊していて、ペリー大佐の配下である水兵たちが待っていた。鬼塚さんが運んで来た長持ちは、水兵たちが手分けして船内に積み込む。

「GO！　GO！　GO！」

鬼塚さんは疲れた様子一つ見せず、島主の屋敷へとダッシュで引き返して行った。

あまりにも速くて、今度は追いつけなかった。

＊

物珍しさにまかせて、街を歩いた。

どこもかしこも、着物にちょん髷の人たちばかりだが、ペリー大佐から聞いたとおり、武士の姿はなかった。代わりに、ときたま青坊主みたいな異形のものが、串団子を食べながらそぞろ歩いていたりする。

お祭りのように賑わっている界隈に来た。

サイケな絵柄と色彩の看板が立ち並び、昇り旗が軒先に連なり、威勢の良い太鼓と陽気な三味線の音が響いている。

行き交う人の様子も、派手な者やら怪しげな者やらが多くなってきた。

道の両脇に立ち並ぶのは、芝居小屋や見世物小屋で、客引きの声、花魁道中のようなきれいどころの行列など、雑多で華美で沸騰寸前のようなエネルギーに満ちている。

その楽しい大騒ぎの中、突如として物騒な怒号が炸裂した。

「鎖国が祖法だなんて時代は、百六十年以上も前に終わっているんだ。おれたちが、文明を享受することの何が悪い！」

「悪いに決まっている！　奇妙島が霊験の島だという誇りを捨てて、生き延びられるわけがあるか！　現世の実情とて、さほどに甘くはないのだぞ！　買い物するたびに高い税金を取られ、少ない年金の支給年齢は引き上げられ――」

「ゼーキンとは、何だ？　ネンキンとは、何だ？」

「それも知らんで開国を語るとは、笑止千万！」

「なんだと、もう一度いってみろ！」

若い男たちのグループが、角つき合わせていた。

開国派と鎖国派の喧嘩らしい。

道行く陽気な人たちは、眉を寄せ合って、しかし立ち去るでもなく遠巻きにしている。

ツムギは日常的に人間同士のこんな衝突に出会ったことがないから、心配になって人垣の後ろでうろうろした。

赤殿中が「行こうヨ、危ないヨ」と、しきりにジーンズの裾を引っ張っている。

「でも、このままだと――」

ツムギの予感どおり、そして赤殿中の心配どおり、喧嘩は腕力沙汰に発展し、刃傷沙汰にまでなってしまった。

「ぎゃあ！」

と、耳を覆いたくなるような悲鳴が聞こえ、群衆の後ろに居ても噴き出す鮮血が見えた。

手を下した側の面々が、一目散に逃げ出し、人垣が割れた。

男が血の中に倒れて、高い声でうめいている。

「大変！」

受付事務ではあったが、かつて眼科医院に勤めていたツムギは、怪我をして倒れている人を放っておけない。

駆け寄ったとき、彼の仲間たちがかたわらの芝居小屋から戸板を外して持って来た。

これをストレッチャー代わりにして人を運ぶというのが、奇妙島のスタイルらしい。

ツムギはその手伝いを買って出て、非常に持ちづらい戸板のヘリをつかんだ。最寄りの町医者まで二ブロックほども運んだ。狭い路地で、背中のバックパックがひっかかる。

「ああ、邪魔だなあ」

「娘さん、手を離さないで」

「ごめんなさい」

ツムギは慌てて戸板に手をもどし、運ぶことに集中した。

戸板の上の怪我人は、痛いのだろう、ひどく暴れている。

戸板が通れないので医者の家の引き戸を外し、ようやく運び込んだ。

ツムギは廊下まで入って疲労のあまり腰を抜かし、小さな湯飲みに注がれた水を何杯も飲み干した。赤殿中も欲しがったので、口に湯飲みをあてがってやる。こくこくと飲み下す様子が可愛いくて、赤殿中にも何杯もあげた。

その間にも患者の手当が始まり、さっきの喧嘩よりも大変な騒ぎになった。

どったんばったんと小さな建物が揺れ、怪我人が痛さで悲鳴を上げている。

やがてそれがふつりと静かになったのは、処置されている人があんまり痛くて気絶したのだろうか。それとも、開国していなくても、よく効く麻酔があるのかもしれない。

しばらくすると、処置室からぞろぞろと男たちが出て来た。

「娘さん、ありがとうなあ」

「おかげで助かったよ。あんたは親切な人だ」

あのサイケな街で物騒(ぶっそう)な声を上げていた男たちは、一変してすごく優しい声でツムギをねぎらうと帰って行った。

最後に医者が出てきて、手伝いを買って出たツムギを褒めた。

田浦玄庵(たうらげんあん)という五十絡(がら)みの、優しそうな人物だった。

「おまえさんは、島の外の人だな？」

「は、はい」

Tシャツにジーンズだから、ごまかしようがない。

ツムギを見て、玄庵はまぶしそうに目を細めた。

「島主の姪御(めいご)さんというのは、おまえさんかな？」

「は、はい」

「向こう岸では、どんな暮らしをしているのか、教えてくれないか？」

「は、はい」

道路がアスファルトで固められていて、二十四時間営業のコンビニがあって、多くの人がスマホやパソコンを持っていて、どの道もたいていは自動車が走っていて、駅に行けば電車に乗れて、テレビがあって、冷蔵庫があって……。思いつく限りのことを並べると、玄庵はいちいち感動して聞いていた。

「いいなあ」

「先生は、開国派の人ですか？」

「まあ、そのとおりだ」

そういって、玄庵は居間を見せてくれた。

昭和のころ、日本の若者の居室を席捲した日本中の観光地のペナントが、土壁一面に貼られていた。

衣桁には竹の子族の衣装が掛かり、だっこちゃん人形や、キティちゃんのぬいぐるみ、天体望遠鏡に、大型冷蔵庫やテレビなどが、所せましと置かれている。もちろん、コンセントはないから、冷蔵庫もテレビも使えない状態だ。

それは著しく緊張感に欠ける、ある意味で無邪気なコレクションだった。こんな風に、罪もなく現世の風物に憧れるのは、別に悪いこととは思えなかった。問題なのは、さっきみたいな暴力に訴えることだ。

「では、わたしも――」

のど飴でも進呈しよう。そう思って肩からバックパックを下ろそうとして、背中に何も背負っていないのに気付いた。

「あ」

怪我人を運ぶ途中で、狭い路地でひっかかったのを覚えている。

あのときはあんまり必死だったから、そのまま置いて来てしまったものか。

思い出そうとしても、自分の行動が思い出せない。

ともあれ、バックパックを失くすなんて、ツムギにしてみたら前代未聞の一大事だった。

あの中には、財布とスマホとアパートの鍵と、お由木からあずかった二十両が入っているのだ。ツムギがお金を持ち帰るのを待ちわびている社長のことを思えば、落としましたなんて、とてもじゃないけどいえない。

「し――失礼します！」

来たときよりもいっそう血相を変えて、ツムギは玄庵の家を飛び出した。

しかし、すぐに立ち往生（おうじょう）してしまう。

元々、方向音痴の気があり、どっちから来たものやら、少しもわからないのだ。

路地には同じような長屋が続き、表通りにはこれまた同じような構えの店が並んでいた。

それでも、拾われたりネコババされたりしていない限り、ピンクのバックパックは目立つにちがいない。

天水桶（てんすいおけ）の陰を、橋の下を、道端を、木戸の陰を、身をかがめてふらふらと、あっちこっちを捜し回った。千鳥足の酔っ払いにまちがえられて、二度も自身番に連れていかれた。

「バックパックを落としたんです。色はピンクです。スマホとか、アパートの鍵とか入っていて、みつからないと困るんです」

べそをかきながら訴えてみたが、岡っ引きも町役人（ちょうやくにん）も、不思議そうな顔をしてツムギを見た。

「おまえさん、何をいっとるのかね？」

カタカナ語を連発されても、鎖国の島に暮らす人たちにとってはチンプンカンプンだ。

しかし、二十両を落としたと正直にいうのも、面倒なことになりそうだとツムギは思った。

「なんか知らんけど、お大事にな」

Tシャツとジーンズという風体が胡乱だったこともあり、さりとて人畜無害そうな娘だし、適当にあしらわれて追い出されてしまった。

それで、またふらふらと屋台の後ろを、道の隅を、お地蔵さんの陰を覗き込み、親切そうな人を見付けては身振り手振りで失くしたバックパックの説明をする。

「さあてねえ」

皆が皆、困ったように笑い、見つけることも手掛かりをつかむこともできないまま、最初に見たサイケな芝居小屋の立ち並ぶ街までたどり着いてしまった。

もしもここで失くしたのだとしたら、物と人が溢れるこの混沌とした一角で、見つけ出すなど不可能に思える。

引き返して、もう一度途中の道を捜そうにも、最初にどこをたどったのか、完全に忘れていた。たった今来た道順さえ忘れている。ここまでの苦労が骨折り損だったことは、思い出すまでもないことだ。

「どうしよう」

途方に暮れたとたん、疲れが全身に広がる。

ぺたんと土の地面に尻餅をついた。

ツムギの落胆が伝わったのか、赤殿中が小さな手で両目を押さえ、めそめそと泣き出した。それを見ているうちに、ツムギまでが泣きたくなったときである。

ピンクのバックパックが、宙を飛んで来た。

いや、それを逆さまに——背中ではなく、お腹にくっつけた人が、こちらに歩いて来るのである。

「あ」

「やあ」

その人はにこにこしながら、ツムギの前に立った。

舜助であった。

ツムギはぱくぱくと口を動かし「それはあたしの」と身振り手振りで訴えた。でも、疲れてしまって、うまく言葉が出てこなかった。

「わかってるよ。こんなものを持ってるのは、現世(うつしよ)から来た人間に決まっている」

「あの――あの――」

舜助にすがるように立ち上がると、むやみにバックパックを引きはがそうとした。

「おいおい、慌てるなよ。だれも取り上げるなんて、いってやしねえや」

「二十両が――二十両が――」

ツムギは相手の話も聞かずにバックパックを毟(むし)り取ると、もつれる手でファスナーを開けた。

財布、のど飴、ハンカチ、ポケットティッシュ、スマホ、アパートの鍵――。

それがバックパックの中身の全てだった。ひっくり返しても、裏返しても、二十両は出てこなかった。

「なんだい、足りないものでもあるのかい？」

「お金がないんです。お由木伯母さんから預かった二十両が――」

「あちゃあ」

舜助が見つけたとき、バックパックは寺の石段に捨てられていて、ファスナーは開けられたままだったという。

「ネコババされたんだな。ほかのものは、きっと何だかわかんなかったんだろう」

おれにもさっぱりわかんねえもんな、と舜助はいった。

「社長に渡さなきゃいけないお金なんです」

ツムギは地面に放り出したハンカチを拾って、顔を覆うと泣き出した。

二十両が何円なのかはわからないけど、とうてい弁償できる金額ではないだろう。どう詫びたらいいのか、どう責任をとったらいいのか、心の中は「無理」と「もう駄目」が渦潮（うずしお）のように逆巻き、もう泣き声しか出てこなかった。

心配した赤殿中が、ツムギの首ったまにしがみついて、いっしょに泣いている。

「こんなところに落としておいたら、こいつらまで失くすぞ」

スマホや財布などを拾い上げると、舜助はからっぽのバックパックにもどした。

「その金は、こないだ元弥坊ちゃんが向こう岸に行って使った分なのかい」

「う――――う――――」

ツムギはうなずいた。

「二十両もの金をネコババしたなら、島の妖怪たちは黙っちゃいねえさ。早晩、下手人にはバチが当たるから、待ってたら金はもどると思うよ」

「無理。待ってられない。明日の船で帰るんです」

「だったら、お由木さまに事情を話して、もう一ぺんもらって来たらどうだい」

「それは、もっと無理だよ」

二重に支払ってくれなどと、図々しいことがいえるわけはない。

「いや、おまえにとっての二十両と、お由木さまの二十両じゃ重さがちがうっていうか、軽さがちがうっていうか」

「二十両は二十両でしょ」

「じゃあ、おれが元弥坊ちゃんに頼んでやるよ」

「でも……」

元弥が後で母親にそのことを話したら、ツムギはまんまと倍の金額をせしめた悪党になる。

「でも、持って帰んなきゃマズイんだろう。まあ、二十両なんて、坊ちゃんにはパンダの餌代くらいのもんだろう」

「パンダ？」

パンダも飼っているのか。それだったら、従妹の自分も少しくらい甘えてもいいだろうか。ツムギは自分にそういい聞かせ、舜助の後に付いていった。

元弥はあっさりと二十両を渡してくれたが、そのお金はお由木にねだってもらって来たものだった。

「そんなしょげるんじゃないよ。それで、ツムギは罪悪感でうなだれた。

ツムギは、人助けをしたんだろう。落としちまったもんは、しょうがないじゃないか。それなら、堂々とおしよ」

二八蕎麦（にはちそば）の屋台で蕎麦をすすりながら、元弥はツムギの頭をくしゃくしゃ撫でた。

これまで、元弥のことを軽薄でわがまま放題のお坊ちゃんだと思ってきたから、ますます申し訳がない。いっそう肩を落とすツムギを見て、元弥は笑った。

「あたしなんざ、千両箱を落としたことがあるよ」

「千両、箱……？　中には千両が？」

「はいってたさ、もちろん」

元弥は、ずるずるずる〜と蕎麦をすする。

かたわらから、舜助が口を出した。

「うそだよ。坊ちゃんはその千両を、開国派の活動資金にやったんだ。田浦玄庵っていう急進派の活動家のところまで、自分で背負って運んで行ったんだから」

*

「つまんないこと、覚えてるんだねえ、舜助」

「田浦玄庵って、あのペナントが貼ってある家のお医者さん？」

ツムギは驚いて訊いた。玄庵のところから、ついさっき出てきたばかりだ。世間はせまい。いや、奇妙島は実際に広くはないのだが。

「やっぱり、元弥さんは開国派なんですね」

「そんなことは、ないんだよ。ただ、玄庵にはうちの爺(じい)やが倒れたときに世話になったからさ」

元弥は鼻の下をこすった。照れているらしい。そんな元弥が、やっぱり好ましく映った。

ツムギと舜助の好意のまなざしが居心地悪かったらしい。元弥は蕎麦を掻っ込むと、そそくさと床几(しょうぎ)から腰を浮かせた。

「じゃあ、あたしは帰るからね。ツムギ、もう落とし物しちゃいけないよ」

「はい。ありがとうございました」

ツムギは箸をどんぶりの上に置いて、元弥に向き直ってお辞儀をした。

そんな挨拶をされるのが、嬉しくも煩(わずら)わしかったようで、元弥は背中を向けたまま片手を振って立ち去った。

「元弥さんって、いい人なんですね」

「うん。あの人は悪い人じゃないんだ。もう少し……いや、もっともっと自分に厳しいところがあれば、いい跡取りになっただろうにさ」

「舜助さんは、どっちなんですか？」

「ん？」

「開国派なの？　それとも、鎖国派なの？」

「おれは、どっちでもないよ。現世(うつしよ)の良いところは取り入れたらいいと思う。だけど、奇妙島にしかないものを、やみくもに捨てるのには反対だ」

「へえ」

中庸というのは、難しい。

そういったのは、津村眼科のおじいちゃん先生だ。

中庸というのは、いってみればどっちつかずという意味だが、この世には片方だけが正しく、もう一方の全てが駄目だなんてことはあり得ない。両方の良いところを尊重して、敵にも味方にもならずに中道を行く。それは大変に難しいことだが、一人の人生でも、国の政治でも、一番に必要なことなんだよ——そういった後、先生は例によって、むにゃむにゃとおのれの脳内世界を逍遥(しょうよう)していたものだ。

「どうしたんでえ？　黙りこくって」

舜助は蕎麦の汁を飲み干す。

「うん。舜助さんはえらいなあと思って」

「よせやい、照れるぜ」

お勘定は元弥が済ませてくれていたから、二人は蕎麦屋に挨拶をいって歩き出した。

涼しくなった風が、海に向かって吹いている。

まだ明るいが、港の常夜灯には火が点してあった。大き目の石灯籠に過ぎないのに、灯台の役を果たしているという。

「奇妙島はどうだい？　面白いかい？」

「面白くない」

ツムギは、島主の跡継ぎとして期待されているのを思い出して、少しムキになった。

「Wi-Fiは使えないし、スマホも使えないし、テレビが観れないし、冷蔵庫もないし、トイレは水洗じゃないし。ここに住むなんて、絶対無理」

「いってくれるぜ」

舜助は懐中から小さなオレンジを三個出して、ツムギと赤殿中にもくれた。

舜助は皮をむいて、ほいほいと辺りに放り投げている。

「いいの？」

「放っときゃ、土になる。いや、その前に鳥が食っちまうから」

「ふうん」

ツムギも真似をして皮をむく。赤殿中は皮ごとかぶりついている。オレンジの実は色が濃くて、口に入れるととても甘くてみずみずしかった。

「江戸時代なのに、オレンジがあるの？」

ツムギは、ついそんなことを尋ねた。

「江戸時代じゃないだろ」

「あ。そうだった」

ペリー大佐が居るし黒船があるし、奇妙島の時間は百六十年以上もとまっている。それで、ここが令和の時代の奇妙島であり、自分が江戸時代にタイムスリップしたわけではないことを、ともすれば忘れてしまう。

「微妙に、現世（うつしよ）のものが入って来るんだ。おれも振り売りの商売で、マンゴーとかキウイとか、パプリカとかズッキーニなんかを売ってるよ」

玄庵の居間を飾っていたペナントなんかも、そうやって手に入れたのだろう。

「こないだ買ったポテチとか、どうしたの？」

「食ったぜ」

「一人で全部？　美味しかった？」

「だれにもやってねえよ。ああいうのは、ご禁制の品だからな。現世の菓子を食ったくらいじゃ罪にはならねえが、他の連中に見つかったら、ちょっとばかし、まずいかもしんねえ」

「見つかったら、罰せられるとか？」

「ここじゃあ、だれも罰せられない。罰が当たるだけ、つまり、祟られるんだ。人が人を罰するわけじゃないから、手落ちはない。天網恢恢疎にして漏らさず、だ」

「そうだった」

奇妙島には警察機関がない。保安要員が居ない。犯罪者は罰せられない。ただし、刑罰より苛烈な罰が当たるのだ。

「ペリーさんも、そんなこといってたなあ。でも、どんな罰が当たるの？」

輪廻転生帖の秘密を口外すると、来世は牛のフンに生まれ変わるのだとか。二十両をネコババした犯人は、どんな目に遭うのだろう。

「もしもポテチが他の人に見つかったら、舜助さんはどうなるの？」

フン転がしに転がされる？

「まあ、いろいろだろうな。尻尾が生えたり、とかさ」

「死刑なんてあるんですか？」

「あるよ」

奇妙島はのんびりと成り立っている気がしていたから、死刑があるというのは意外だった。

「それって、どんな妖怪にやられちゃうわけ？」

青坊主には、人を殺めることはできまい。そばでオレンジを食べている赤殿中も、奇妙島の妖怪なのだろうが、やはり悪人を処罰するなんてできそうにもない。

「罰を当てるのは、鵺とか天狗とか、龍とかオロチのような大妖怪だ」

そういって、舜助は赤殿中を見下ろした。子ダヌキは小さいオレンジを両手で持ち上げ、懸命にかじっている。

「そいつ、可愛いな」

「でしょ」

ツムギと赤殿中は声をそろえて答える。

「ここには、ワイなんとかやら、スマなんとかはないけど、そいつみたいな変なのがたくさんいるから、面白いぜ。そこらへんに、うようよしてるから」

「変なのとは、何だヨ！　うようよしてるって、何だヨ！」

赤殿中は口に入っているオレンジの皮を飛ばしながら抗議する。

舜助は取り合わず、赤くなり出した西の空を見上げた。

「龍が空に昇るところなんか、本当にすげえんだぜ」

「それ、伯母ちゃん家の庭で見たヨ。ねえ、ツムギ」

「へえ。おまえたちは、運がいいなあ」

舜助に連れられて、本家にもどった。

店から入って中庭を横切り玄関に向かうと、ちょうどペリー大佐が出てきたところだった。

ペリー大佐はツムギの姿を認めると、懐中時計を取り出す。

「明朝八時に出航だ。前もって港で待っていなさい」

「はい」

この人のお世話になって――と、舜助を紹介しようとしたら、いつの間にか居なくなっていた。

8　細工は流々

冷蔵庫に買ってきたばかりの食材をしまっていたら、ドアホンが鳴った。

天涯孤独のツムギには、訪問客の心当たりはない。

このあいだも勧誘かセールスだと思って出たら、三五兵衛だった。あれ以来、ドアホンが鳴るのは初めてだ。

また三五兵衛だろうか。いや、やはり勧誘かセールスだろう。町内会費の集金だったらと思うと、気が重い。毎月二百円の町内会費だが、一年分だと二千四百円が飛んで行く。

「どちらさまですか」

「あたしですう」

聞き覚えのある、おじさんの声が聞こえた。

(ん?)

台所のすりガラスから、輪郭のぼやけた痩せた青い人影が見える。

まさか。いや、やはり。

急いでドアを開けると、真っ青の坊主頭の人が立っていた。

正確には人ではない。妖怪青坊主だ。

「ごめん、来ちゃった」

青坊主は一つ目をにやにやさせると、ツムギが招く前に勝手に部屋に上がり込んだ。

「あの——ええと」

どうやって来た。どうして来た。なぜ、ここを知っている。

などの疑問を口に出す前に、青坊主はツムギの質素な住まいをぐるりと見渡し、自分でお茶を淹れた。

「あたしが来たのは、ほかでもない。あんたに頼まれていたことで、名案が浮かんだのよ」

「あたし、何か頼みましたっけ?」

ツムギがきょとんとすると、青坊主は一つ目をしかめた。

「呆れた。あんた、島主さまと三五兵衛どんの仲を何とかしてって、あたしに頼んだじゃないのさ」

「あ、そうだった」

赤殿中が、カレーの皿に柿ピーを入れて運んで来た。

青坊主は、それを一つずつ高く放り投げ、口でキャッチして行儀悪く食べ始める。

赤殿中が真似をして、畳の上が柿ピーだらけになった。

「で、名案って？」

ツムギは、赤殿中を叩く真似をして、こぼした柿ピーを拾う。

「島主さまと三五兵衛どんを、山で遭難させちゃうの」

「それは、ちょっと、乱暴な……」

ツムギは呆れたり、慌てたりする。

「そんなこと、できるんですか？　二人とも忙しそうだし、山になんか行かない感じですけど」

「行くのよ、それが」

お由良は毎年、この時期に巽山麓の温泉に湯治に行くのを習慣にしている。

そこで神隠しに遭わせ、助けに行った三五兵衛のこともさらって、お由良と同じ場所に閉じ込めてしまうというのが、青坊主の作戦だった。

「ちょっとどころか、かなり乱暴すぎると思います」

「うるさいわね！　もう、天狗とは話をつけてあるのよ！」

青坊主は、さらに青くなって声を荒らげた。人間でいったら、顔を紅潮させている状態なのだろう。

「だけど、問題が発生しちまったのよ」

お由良が、今年は湯治を中止しようなどといい出した。

「湯治に行かないんじゃ、仕方ないですね」

ツムギがホッとしていうと、青坊主はツムギの両肩を持ってゆさぶった。

「妖怪はね、人間とちがって、約束は必ず果たすのよ！」

ツムギからお由良と三五兵衛のことを頼まれ、青坊主は「わかったわよ」と答えた。それは約束であり、契約である。青坊主はかならず実行しなくてはならなかったのだ。

青坊主から天狗への依頼も同様である。なにしろ、天狗は大妖怪だ。やっぱりキャンセルしますなんて、軽くいって済むことではない。

「えー」

話の重たさに、ツムギはたじろぐ。

青坊主はそんなツムギの手をとって、ぽんぽんと叩いた。

「そこで、あんたに島主さまをそそのかしてほしいのよ」

無理難題をいって、大きな一つ目を細めた。

＊

青坊主は社長と話して、ツムギを再び奇妙島に遣る許しを得た。

社長が三五兵衛や元弥、お由木と知り合いなのはわかるが、青坊主とまで親しいとは驚きだ。

一つ目の青い妖怪は、社長に最近の景気を尋ね、政治経済について論じ、ゴルフのスコアのことで盛り上がった。しかし、青坊主がゴルフウェアを着てグリーンに居るのを想像すると、とても変だ。

「ちょうど、奇妙島に用があったのだ」

ペリー大佐までが、青坊主に協力的なことをいう。

「島で捕縛された海賊の身柄を引き取りに行く」

奇妙島の酒場を荒した海賊が、島の者たちに捕らえられたのだとか。

奇妙島の罪人と、輪廻転生帖の守秘義務違反者に関しては島の妖怪が罰を当てるが、悪事を働いた海賊はペリーによって裁かれる。

「その海賊は、どうなるんですか？」

ツムギは、おそるおそる訊いた。無人島に置き去りにしたり、ハゲタカの餌にしたりなどと、子どものころに読んだ物騒な物語を思い出してしまう。

ところが、ペリーの返答は『宝島』や『ギリシャ神話』みたいなものではなかった。

「ペリー・ブートキャンプに入隊させるのだ」

「は？」

「海の男として、性根を鍛え直す。しかる後に、七つの海に送り出すのである」

どこの海も冥府へと続く海域があるので、船員はいつでも大募集しているという。

「更生したら、サスケハナ号の乗組員みたいな仕事をするんですね」

「そういうことだ」

「だったら、捕まった方がラッキーかも。娯楽室に4Kテレビあるし」

「そういうことだ」

奇妙島への航海は、二時間ほどである。

ツムギは甲板でイルカが泳ぐのを見てすごした。

青坊主は、船尾室でペリー大佐と将棋をしていた。

港につくと、ペリー配下の軍楽隊が『三百六十五歩のマーチ』を演奏し、ツムギたちは船を降りる。

捕らえられた海賊たちは、島主本家の蔵の中に幽閉されていた。

ツムギと赤殿中は、怖い物見たさで付いて行った。

奇妙島には保安要員は居ないというが、本家の若い衆（し）はなかなかに逞しい。それに加えて、蒸気船の水兵たちは皆が屈強そうだった。軍楽隊と騎馬隊も、港から同行している。

そんな大勢に引きずり出された海賊たちは、五人。

ふてくされていたり、威嚇（いかく）してきたり、全員が敵意むき出しなので、ツムギは思わず後ずさった。

長いこと洗っていない髪の毛を三つ編みにして、左右の眉毛がつながっている髭男が、迎えの一同に向かって毒を吐いた。

「おふくろの墓にかけて誓うぜ、てめえら全員のはらわたを引きずり出して、鮫（さめ）にくわせてやる！」

口の脇に唾（つば）の泡が溜まって、病気の獣みたいに見える。

水兵の一人が、そいつの頭をぽかりと叩いた。

「おふくろさんの墓に、そんなことを誓うもんじゃない」

海賊五人は後ろ手にしばられ、馬に乗せられた。

これから島内を引き廻しにされるという。

ツムギは時代劇で、こんな場面を見たことがあった。

(市中引き廻しの上、磔獄門(はりつけごくもん)——とかいってたっけ)

この海賊たちは、市中引き廻しの上、ペリー・ブートキャンプ入りである。

引き廻しは可哀想に見えるけど、第二の人生が用意されているのだからと思い、ツムギは一行の後ろ姿を見送った。

軍楽隊の奏(かな)でる『三百六十五歩のマーチ』が、景気良く港へ引き返して行く。

「よう」

後ろから肩を叩かれた。

驚いて振り向くと、舜助が片手を顔の横で振っている。日に焼けた顔が、人懐っこく笑っていた。

ツムギはぺこりと頭を下げて、同じ顔で笑った。

「どんなに忙しくても、休養は必要です。わたしたちの居る社会では、働き方改革が叫ばれています。仕事ばかりしていちゃ、駄目なんです。うちのおかあさんなんか、仕事のし過ぎで、心臓発作で死んじゃったんですよ」

母の話をしたら、涙があふれ出た。

それが伯母の胸を直撃した。

「そうじゃな。そなたのいうとおり、休養は大事じゃな。では、こたびも例年どおりに湯治に行くこととしようか」

「よっしゃ、そうこなくっちゃ！」

青坊主が青い着物のひざを叩き、ツムギが泣きはらした目をにっこりさせる。

「なんじゃ、そなたら。わたしが、湯治に行くのが、さほどに嬉しいのか？」

「え？　え？　え？」

青坊主はひどく慌ててから、もういちど自分のひざを叩いた。

「実はこのツムギちゃんが、ご島主さまと一緒に湯治に行きたいそうなんですのよ」

「ほう、ツムギがのう」

お由良が嬉しそうに目を細めたので、ツムギは急な胸騒ぎがした。

「よかろう。浦島汽船には、わたしから休みを与えるように文を書こう」

えー。

と、思ったが、口には出せなかった。

＊

例年ならばおスミさん一人が同行する湯治は、今年はツムギがその役目を負うことになった。

当然のことながら、行程は全て徒歩である。

島主が手荷物など持つわけにいかないので、ツムギが二人分の着替えを運ぶことになる。

行く先は山道だし景観に合わないのでスーツケースを引っ張ってゆくのは、NG。挟箱（はさみばこ）という柄のついた木製の箱に、荷物を入れて肩に担ぐ。

これが重たいったらないのだ。おまけに、Tシャツとジーンズでは見栄え（みば）が悪いというので、着物を着せられ、わらじを履かされた。

（伯母さん、よけいなお世話だよ）

湯治を勧めた手前、ツムギは重たいなどと文句もいえず、楽しくてたまらないというフリをした。笑顔を作り過ぎて、ほっぺたが筋肉痛になりそうだ。

目的地の巽山は、地図で見れば市街地からさほど離れているわけではない。

街から少し行けばすぐに郊外になり、ほどなく山道に入った。

木洩(こも)れ日がドット柄を描く土の道は細く、それでも石や岩は取(と)り除(の)けられている。

蟬の声が間断なく響いていた。

ときおり、小鳥が鳴き、ひよどりの怒った声と、カラスの物騒な声もする。

道は徐々に勾配を増し、ときとして、樹木の間や岩場などを登った。

ツムギは次第に口数が減り、視界が狭まり、のどの渇き以外のことが考えられなくなった。

赤殿中はといえば、ツムギのことを気遣ってか、お由良の肩に乗って端唄を歌っている。

「梅は〜咲いたか〜」

「桜は〜まだかいな」

お由良も声を合わせ、楽しそうだ。

一方のツムギは、もう休もう、死んじゃう……。そう口に出しかけたときである。

サスケハナ号の帆が風を受けたような音が、大きく響き渡った。

（ペリー大佐が助けに来てくれた？）

とっさにそんなことを考え、視線を上げる。

不思議なことが起こる奇妙島だから、山の中にサスケハナ号が居てもおかしくない。

そう期待したのだが、山中には蒸気船など影もなし。

そのかわり、もっと不思議なことが頭上で待ち構えていた。

大樹の高い枝の上に、天狗が居たのだ。

朱色一色の顔と、高い鼻、法衣（ほうえ）を着て、一本歯の下駄を履き、額の上に頭巾（ときん）を付けていた。子どものころに絵本で見た天狗そのものだ。

右手に葉っぱの団扇（うちわ）を持って、背中には天使のような羽が生えている。

「娘っこ、荷物が重うて苦心しているようじゃの」

天狗が金色の目を見開いて、大声でいった。

自分が話しかけられたのだと気付いたツムギは、どう答えていいのかわからず、口ごもった。

「こ、こんにちは」

「こんにちはとは、ちょこざいな」

天狗は顔が割れるかと思うほど大きく口を開けて笑った。

口の中は真っ黒で、歯は全て金歯だった。

「目をつぶっておれ。旅が難儀そうなので手伝うてやろう」

そういったと同時に、葉っぱの団扇を打ち振った。

やはり、帆船の帆が風を孕んだ音がした。

ツムギたちの足が地面から浮かび、次の瞬間に風の渦巻く甲高い音が鼓膜を叩いた。

ツムギとお由良と赤殿中は、挟箱といっしょに木の葉のように飛ばされた。ギャグマンガか、人形劇のようだと、飛ばされながらツムギは思った。不思議と、命の危険は感じなかった。

「わーっ！」

といったのは、ツムギだったのか、赤殿中だったのか、それともお由良か。

三人と挟箱は同時に着地した。

そこはわずかに開けた土地になっていて、ツムギたちの背後に貧しげな小屋が建っている。

少し離れた場所に、火を焚く大きな窯があった。

周囲は灌木の茂みで、さらに遠くに目をやると背の高い木でおおわれている。

空をあおげば、空は円形に切り取られていて、そこが森を伐採して拓いた場所だというのがわかった。

「驚いたのう。天狗さまを見たのは、初めてじゃ」

お由良が尻餅をついたままでいう。

ツムギは手を差し伸べて伯母を助け起こすと、小屋の戸を叩いた。

「あのー、ごめんくださーい」

返答はない。

「あるじは留守のようじゃ。どうやら、ここは炭焼き小屋のようじゃなあ」

お由良は空をあおぎ、腕組みをした。

空の一方が赤くなりはじめている。

「天狗さまが、このお由良に無体なことをなさるわけがない。ここは、街からさほど離れてはおるまいが、今から道を探してもどったのでは、迷ってしまうだろう。今夜はここに泊まって、明日になってから出立しようではないか」

「賛成です」

挟箱を担いだ道中でくたびれていたツムギは、お由良の提案に飛びついた。

＊

赤殿中が温泉をみつけた。浅い川にお湯が湧いていたのである。

お由良は「これも湯治じゃ」と喜んで、お湯につかった。

お由良が戻る前に、赤殿中と食糧を調達に行く。

赤殿中は存外に活躍し、山菜を摘み川魚を捕まえた。大漁だった。

小屋の中のいろりに火を起しているとお由良が帰ってくる。

入れ替わりに、ツムギが川の温泉に出かけた。

ツムギはこれまで、露天風呂というものに入ったことがなかった。まして、ここは風呂ですらない、川である。

炭焼き小屋があるということはだれが来てもおかしくはない場所だと思いながら、こそこそと着物を脱いでお湯につかった。

(わあ、気持ちいい)

川底が浅いので、寝そべるような格好で、暮れてゆく空を見ながらお湯の中で長い息をついた。極楽、極楽とは、このことだ。

（あれ？）

ツムギは、突然に自分がここにいるわけを思い出す。

お由良と三五兵衛を一ヵ所に閉じこめて、お由良に胸の内を告白させるため。そのことを企んだ青坊主は、こうもいっていなかったか。

――うるさいわね！　もう、天狗とは話をつけてあるのよ！

さっきの天狗は、青坊主とグルだったということだろうか。

だから、おあつらえむきに、小屋の真ん前に着地したのか。

しかし、青坊主のミスなのか、天狗の早とちりなのかはわからないが、三五兵衛ではなくて、ツムギをお由良と一緒に炭焼き小屋に閉じ込めても、まったく意味がない。

9　仕上げを御覧じろ

小屋にもどると、お由良が夕餉の支度をしていた。

炭で炙った川魚と、山菜の鍋である。

小屋の中には味噌と酒があり、それで調理した鍋料理はどこか懐かしい味で、とても美味しかった。赤殿中は、田楽にした焼き魚を「くんくん」と可愛い鼻息をもらして、懸命に食べている。

「ねえねえ。伯母さんは、三五兵衛さんのことが好きなんでしょ？」

ほろ酔い加減になったツムギは、まったくデリカシーのない言葉で問題を切り出した。

お由良は面食らい、酔った顔を照れてさらに赤くし、思い余って変な感じにキレた。

「そなたの母親がぁー！」

怖い声でいう。

「お由衣は末っ子だから、幼いころから何かと甘やかされ、三五兵衛の心をつかんでおきながら――父者と母者が三五兵衛と祝言を挙げさせると約束していたのに――ほかの男と逃げたのじゃ。あれはもう死んでしまったが、よくよく好き勝手に生きたおなごじゃ」

お由良は貧乏徳利から湯飲みに酒をそそぐと、どんッと板の間に置く。

「お、伯母さん……」

ツムギは、お由良の突然の逆上ぶりにビビった。

「ツムギよ。そなたにはわかるか？」

「え？」

「この伯母が島主であるために、いかにおのれを押し殺してきたか、そなたにはわかるかと訊いておる。女であることも、人であることも捨て――」

「島主であることと、無駄に禁欲的であることは、関係ないと思いますけど」

つい、正論をいってしまうが――。

「む――無駄じゃと？」

お由良は茶碗酒と汁椀をブン投げて、ツムギにつかみかかった。

「無駄に禁欲的とな？　お由衣の娘のそなたが申すか！」

「だって、別に島主が幸せだって、だれも困らないじゃないですか」

ツムギも酒の力を借りてムキになる。

「むむ――」

「伯母さんはね、三五兵衛さんにふられるのが怖いから、自分の気持ちを無駄にしているんだよ。そうやって何十年もぐずぐずして、この先もまだぐずぐずするつもり？」

「おのれ、いわせておけば！」

バンッと床板をたたいたお由良は、痛かったらしくその手を抱えた。

だけど、肉体の苦痛は心にまでは及ばないのか、両目を怒りで爛々とさせている。

「出て行け！　そなたと同じ空気など吸いとうない！」

「だったら、伯母さんが出て行けばいいじゃんか！」

「なんじゃとー！」

二人そろって興奮が頂点に達したときである。

板戸が、がたがたと苦しそうな音をたてて開いた。

夜気が、襲い掛かるようになだれ込んでくる。

その寒い風の中に、背の高い男が居た。

ツムギは反射的に警戒心が働き、ファイティングポーズをとった。

が、相手の正体を認めたとたん、緊張感が消える。

そこに居たのは、はち切れそうな心配と、込み上げる安心とで、いとも複雑な顔をした三五兵衛であった。

いずれにしても泣きそうな顔で、立派な形の眉毛を下げ、半開きの口から「あ」とか「ふわあ」とかいった後、つんのめる勢いで小屋に入って来る。

「島主さま！」

お由良とツムギが天狗にさらわれた経緯を知り、三五兵衛は一も二もなく救助に向かった。

さりとて、天狗の狼藉は伯母と姪が二人きりで歩いていたときのことだ。その報せがどうやって三五兵衛のもとに届いたのか、ツムギとしては訝しく思わないでもない。

（でも、ここだから）

この奇妙島という変てこな土地のことだから、青坊主みたいに不思議なものがツムギたちの遭難の現場を目撃して、島主本家にご注進に及んだのかもしれない。

そう考えて、ツムギは伯母の手をとって無事を喜んでいる三五兵衛を、まじまじと見た。

三五兵衛は登場したときから「島主さま」とだけいって、ツムギのことはまるで眼中にない。ツムギについては、まあ視界に入ったから良しとでもしたのだろう。あとは、ただひたすら伯母の無事を喜んでいる。

（三五兵衛さん、これって差別しすぎじゃない？）

へそを曲げたくなったが、伯母のつもる想いを考えると、どちらかといえばこれは喜ばしい状況だろうと判断した。

赤殿中と二人でそろそろと後ずさると、ツムギは戸外に出る。

ガタビシいう戸を、細心の注意を払って閉ざした。

それからすぐさま、粗末な小屋の板壁の隙間に耳をくっつける。

「何やってんだヨ！」

赤殿中が、それでもひそひそ声で訴えるので、ツムギは人差し指を口にあてた。

「しーっ」

盗み聞きである。

ツムギの中のおせっかいの虫が、盗み聞きせよといっているのだ。

小屋の中の二人は、ツムギの姿が消えたことにも気付かずに、張り詰めていた息を言葉にして吐き出している。

「島主さまにもしものことがあったら、三五兵衛は後を追うつもりでした」

しばし、沈黙があった。

ツムギはベンチに居る高校野球の監督みたいに、ひとりでこぶしをグッグッと振っている。人知れず伯母に向けた、「行け、行け」のサインである。

まるでそれが伝わったかのように、お由良は思いつめた声でいった。

「わたしが島主でなければ、どうじゃ？」

それは、三十年、隠し飲み込み押し殺してきた気持ちが、出口を見つけた一言だった。

かたわらに居なくても、三五兵衛が言葉の意味をつかみかねている顔が見える気がする。

伯母さん、もう一声、とツムギは心の中で叫んだ。

「わたしが島主でなければ、そもそもそなたは、わたしのそばには居らぬか？」

「は？　島主さま、いかがいたしました？」

三五兵衛の声に、遠慮がちな怪訝さが混じる。

「そなたに、暇を出そうと考えていた」

そんなことをいうものだから、ツムギも赤殿中も、そして三五兵衛もうろたえた。

ツムギはすぐにも小屋に飛び込んで行きそうになり、赤殿中に着物の裾を引っ張られる。

「慌てちゃ、ダメだヨ！」

「だって、伯母さんが酔っぱらってまた変なことといってるんだもん」

「シーッ！」

赤殿中は最前のツムギみたいに、細くて短い指をとがった鼻の下に当てる。

ツムギは迷った末に、赤殿中を抱えてもう一度、板壁の隙間に耳をくっ付けた。

お由良が、憤怒を押し殺した低い声でしゃべっている。

「——そなたは救いようもない朴念仁で、頑固者で、しつこくて、わからず屋で、気が利かなくて、図々しくて、まことに頭にくるのじゃ」

「…………」

三五兵衛は、おろおろした声で「申し訳ありませぬ」とつぶやくようにいった。

「そなたがお由衣を恋しく思う前から、わたしはそなたを好いていた」

よし。

ツムギは思わずガッツポーズをした。

伯母さん、とうとういった。

しかし、その後に続く三五兵衛の答えは、まったくツムギの予想から外れていた。

「そうでしたね」

そうでしたね——とは？

伯母が来る日も来る日も来る日も来る日も三十年も、自分を慕っていたのを、三五兵衛は知っていたというのか。

知っていてなお、ツムギの母に恋焦がれていたというのか。

失恋して、やけっぱちになって手妻の太夫にうつつを抜かし、息子が生まれた。

その息子も今では成人し、八百屋になって立派に自活している。

それでも、今もって三五兵衛の気持ちにはブレがないのだ。

アパートを訪ねて来て仏前で泣き出した三五兵衛は、その態度のままに今もお由衣だけを想っている。

(なに、それ?)

なんという悲劇。恋とは、そこまで頑固なものなのか。

伯母は、自分の胸の内を知られていたことに気付いていたのか?

知らなかったとしたら、さぞかしショックにちがいない。

「わたしに、このような言葉をいわせたのだ。そなたを許すわけにはいかぬ。早々に立ち去れ」

伯母はツムギと喧嘩していたときの百億倍怖い声でいった。

(なんでだよ!)

ツムギが無言でおたおたする中、三五兵衛の声は落ち着きを取り戻している。

「まことに、もったいないお言葉でございます」

(全然、もったいなくないと思うよ)

「三十年の間、島主さまのお気持ちを知りながら、お仕えして参りました。今日去ろう、明日去ろうと思うのに、おのれに甘えておりました。まことに、畏れ多いことでございます。——さすれば、ただ今、失礼つかまつります」

三五兵衛が立ち上がろうと身じろぎする気配が、伝わってきた。

「待て」

お由良が、大きな声を出す。

「だれが、出て行けと申した」

いったじゃないの、今、あなたが、とツムギは憤慨をこらえるため、胸の前でこぶしをぐるぐると回した。

えてして、「出て行け」なんて言葉を伝家の宝刀として使う人は、自分の言葉に仕返しされることになるのだ。

伯母の肩を持っていたはずが、いつの間にかツムギは反対派に回っている。

「この状況で去るとは、そなたは鬼か?」

お由良が論点をずらしても、三五兵衛はあくまで従順だ。

「は、ごもっとも。島主さまを無事にお屋敷に送り届けてから、三五兵衛めは立ち去ります」

「あいならん」

伯母は悲鳴じみた声をあげた。

「立ち去ることは、許さぬ。──もう、たくさんじゃ。そなたの心だけではなく、そなた自身にまで去られたら、わたしは──。まあ、よい。去りたければ、去れ」

ツムギは小鼻を広げて「ふん」と息を吐くと、赤殿中を抱えて立ち上がった。

さっきとはうって変わって、ひどい勢いで引き戸を開け放ち、仁王立ちになる。

「なによ、なによ！」

ツムギは、生まれて初めて、本当に怖い声を出した。反抗期のころでさえ、こんな好戦的な立ち居振る舞いはしたことがない。

「伯母さん、結婚してくださいって、いったらいいじゃない！」

ツムギは伯母をねめつけ、同じくらい強い視線でジロリと三五兵衛を見た。

「三五兵衛さん、三十年もあのお屋敷に居たのは、うちのおかあさんのことが好きだったからなの？　伯母さんのことが好きだったからじゃないの？」

「は……はい」

お由良と三五兵衛は、毒気を抜かれたみたいに、うなずいた。

そして、おそるおそる互いの顔を見て、もう一度「は……はい」という。

「はいって、いったよね。二人とも、はい、って」

ツムギは走り出した興奮から飛び降りることができずに、両手を腰に当ててふんぞり返った。

その肩を叩くものがある。「ふんふん」という鼻息が、首筋にかかった。

(なに?)

すっかり気が立っていたツムギは、いばりくさった態度で振り返った。

「わっ!」

ツムギはいばった顔のまま硬直する。

そこには、そびえるばかりに大柄な、高い高い鼻と朱色の顔をしたものが居た。

着衣は僧形、髪の毛はぼうぼうの蓬髪(ほうはつ)。

天狗である。

ツムギたちをここまで飛ばした、あのドジな天狗だ。

「青坊主から聞いておる」

拡声器を通したような声で、天狗はいった。

ツムギの剣幕に虚をつかれていたお由良と三五兵衛も、この爆音みたいな声でさらに仰天した。

それほど効果的に登場できて、天狗は気を良くしているみたいだ。「わっはっはっ」と子供番組の悪役みたいに笑った。天狗の息は、草のにおいがした。

「このプロポーズ大作戦、なかなかの上首尾であった」

ツムギが二人の大人に「はい」といわせたので、ミッションは完了という意味だ。

今回の外出は、ツムギと妖怪チームには、お由良の〈プロポーズ大作戦〉というようなものではあったが、妖怪の口から〈プロポーズ〉などというカタカナ言葉が出るのは、なんだか不思議だった。

加えて、天狗に遭って飛ばされたのは、事故みたいなものだと思っていたのに、それも〈大作戦〉のうちとは意外である。

さらには、ツムギがキレて目上の二人に説教を垂れることまで、天狗の手の内のことと知って、畏れ入った。

（さすがだ……）

大妖怪たちは島民の生殺与奪の権を握っていると聞かされていたけど、その手腕にはまったく脱帽だ。

ツムギは、天狗を見上げたまま拍手をした。

足元に居る赤殿中も、ツムギを真似て、ぽてぽてと肉球のある手をたたいている。

天狗の鼻が、ピノキオみたいに伸びた。

「では、里にもどるがよい」

天狗は、青々とした葉っぱの団扇を振る。

前と同じく、風を受けた帆が鳴るような、大きな音がした。

三人と一匹は足元をすくわれ、木戸から飛び出て、天空に舞い上がる。

星空のもとの飛行は、いささか寒く、自分が流れ星にでもなったような心地がした。

いかにも、ツムギたちは流れ星と同じ速さで飛ばされた。

それは、鳥のごとく飛ぶというよりも、テレポートに近い体験だった。

満天の星のひとつとなって飛び、着地したときは陽がのぼっていたのは、これまた摩訶不思議なことである。体感した時間は束の間だが、経過した時間のつじつまは合っていたというのだろうか。

ツムギたちが着地したのは、島主本家の屋敷に近い広小路のそば、名前の知らない川の岸辺だった。

運よく周囲に人が居なくて、空から舞い降りたところを目撃されずに済んだ。

しかし、この島の人たちにとって、人間が空を飛んで来ることは、さほど珍しいことではないのかもしれないが——。

今回の騒動の主役であるお由良と三五兵衛に、互いの気持ちをもう一度確認しようとしたツムギは、しかしそれが出来なかった。

地上にもどって安心したのもつかの間のこと、その地上では人が飛ぶよりもっと剣呑(けんのん)な事件が巻き起こっていたのである。

ツムギたちがそれに気付いたのは、「ぱあん」という乾いた音と同時に巻き起こった、大勢の人の悲鳴と足音のためだった。

それは、つい先にある広小路の方から聞こえてきた。

切羽詰まったその響きに、三人と一匹はハプニングの余韻にひたっている場合ではないことを悟る。お由良と三五兵衛は、この島の責任ある立場の人間だから、なおさらだ。

果たして——。

広小路は人間の洪水のようになっていた。

あちこちから例の乾いた破裂音がして、集った人たちがわれがちに逃げ惑っている。

いつも賑やかな広小路だが、ひときわ人出が多かった。

罪人の引き廻しが行われていたのだ。

ここで市中引き廻しが行われるとき、その罪人は島の外の人間だと決まっている。もっといえば、罪人は、ペリー大佐に弓引く海賊たちに限られる。

引き廻しが済んだ罪人たちは、ペリー大佐の指揮のもとで更生させられて、黄泉(よみ)に続く海の保安要員に生まれ変わるのである。

しかし、万事がそんなにうまくは運ばない。

それが、今、ツムギの目の前に展開されている騒動なのだ。

罪人たちを取り戻すために、海賊たちが襲って来たのである。

「ぱあん、ぱあん」と乾いた音で鳴っているのは、賊たちのピストルの音だった。

引き廻しは、ペリー大佐の水兵たちによって執り行われる。

その兵士たちも、不意打ちを食らって苦戦のありさまだった。

銃弾を受けたセーラー服の若い兵士に駆け寄ろうとしたとき、まったくだしぬけにからだが動かなくなる。

なにごと？

そう思って、ゆいいつそこだけは自由になる目玉を下に向けると、上体を羽交い絞めにしている太く毛深い腕が視界に飛び込んできた。

だから、なにごと？

海賊に捕らえられたと気付くまで、数秒かかった。

煙草のヤニと汗の混ざった、ひどいにおいが降りかかる。

思わず息を止めて見上げると、垢と日焼けと無精ひげで変に黒光りする大きな顔の男が、こちらを見下ろしていた。

着古してケバのとれてしまったビロードのジュストコール——丈の長い上着に、擦り切れたひざ丈のズボンと長いブーツといった風采だが、顔を見れば日本人のようだ。

そいつはちょん髷仕様で頭頂部を剃り、しかし手入れが行き届かずにもやもやと毛が生えて、結っていない（しかも、洗っていない）長い髪は落ち武者みたいに乱れている。

刃の広い反り返った刀を持ち、上体に機関銃の弾丸を交差させて巻き、ナイフを持ち、なぜか子どものおもちゃみたいな「Y」字型のパチンコと、SF映画みたいな光線銃まで持っていた。

「島主と跡取りの娘っ子、つ・か・ま・え・た」

武器だらけのその男は、黄色い歯を見せてニカッと笑った。口臭が顔にかかってツムギは泣きたくなる。

「こやつらを船に積み込め！」

そいつは手下たちに向かって、海獣みたいな声を上げた。

「ヨーホー、ヨーホー！」

あちこちから海賊たちが答える。

背後に居る腕の太い男に軽々と持ち上げられ、ツムギもお由良も三五兵衛も、そして赤殿中も、海賊たちの捕虜となった。

（ああ、天狗さん……）

よりにもよって、こんな修羅場の近くに降ろさなくてもいいではないか。

ツムギは心の中で天狗に八つ当たりし、海賊たちは囚われていた仲間を取り戻して、黒い旗を揚げた。

＊

海賊たちは十重二十重にツムギたちを取り囲んでいる。

「島主よ、死にたくなければ、おれさまと契約を結べ」

最前の武器だらけの落ち武者みたいな男が、歯をむき出すようにしてそういった。

ツムギたちは、奇妙島の島民たちを代表して、人質にされてしまったのである。

（おれさま……）

現実に、自分をそう呼ぶ人を初めて見た。

（ていうか、これは現実なの？）

浦島汽船から黄泉の海域に旅立つ霊たちを送るのは、半分くらいは現実ではないのかもしれない。今直面しているこの危機は、サスケハナ号の出航よりもずっと奇々怪々だった。どんな悪夢より悪夢っぽい。つまり、現実離れしている。

「聞こえてるか、お・れ・さ・ま・と、契約だ」

自分のことを「おれさま」といったのは、名佐祁捨十郎（なさけすてじゅうろう）という男だった。

海賊船の船長である。

この捨十郎をはじめ、海賊たち全員は、前に入浴したのはいつなのかと訊きたくなるくらい、汗くさく、垢くさく、煙草くさかった。お風呂に入れるという一点だけとっても、ペリー・ブートキャンプに入隊して更生した方が幸せだろうにと思う。

そんなだから、彼らに取り囲まれたツムギたちは今、鼻がひん曲がりそうな危機に瀬している。

船はすでに沖に出てしまい、汚れたゆかは右へ左へと揺れた。そのたびに空気が攪拌されて、悪臭が波みたいに鼻を襲う。

「契約とは？」

お由良が、短く問う。

その落ち着き払った様子に、ツムギは伯母の鼻がもうどうにかなってしまったのではないかと心配になった。

「奇妙島の統治権を、おれさまに譲渡するという約定だ」

「ば——馬鹿なことをいうな！」

三五兵衛が激昂（げきこう）して、捨十郎につかみかかった。

しかし、腕を伸ばす間さえ与えられず、手下たちに捕らえられて散々になぐられた。

「お由良よ、おれさまのいうとおりにしなければ、この娘っ子がどうなってもしらねえぞ」

「…………」

伯母の目が、こちらを向いた。

「ツムギ、許せ」

「えー!」

「エー!」

ツムギと赤殿中が悲鳴を上げた。

捨十郎は色の悪い唇をつぼめて、ゆかに噛み煙草色の唾を吐く。

「呆れたぜ。薄情な伯母も居たもんじゃねえか」

本当にそうだ、とツムギは憤慨する。

捨十郎も、憤慨している。

「強情を張るなら、奇妙島はおまえたちを皆殺しにして乗っ取るまでだ」

「どうして、今になってそんなことをいい出すんだ」

ボコボコにされた三五兵衛は、それでも気丈に捨十郎を睨みあげた。

捨十郎はブーツのつま先で三五兵衛の顎を蹴りあげ、「うーむ」とうなる。

「おまえたち、島主一族に代わって、輪廻転生帖の儲けをちょうだいしたいんだよ」

海賊たちは今までも強奪を狙って、輪廻転生帖を運ぶサスケハナ号を襲撃した。

しかし、それはことごとく返り討ちに遭った。

それは捨十郎の自尊心をいたく傷つけたが、問題は彼の自尊心より切迫している。

黄泉の海域はペリー大佐に守られ、現世(うつしよ)の海は海上保安庁が目を光らせているので、ほかの船を襲って金目のものを奪うこともできず、海賊稼業あがったりなのだ。

「それに、奇妙島が無計画に開国なんぞしたら、今後の輪廻転生帖の存続にもかかわるじゃねえか。ここは、おれさまがきちんとイニシアチブを取ることが、島民のためでもあるってもんだぜ」

「馬鹿なことをいうな――」

口をはさんだ三五兵衛が、またしても海賊たちに袋叩きにされる。

それを楽しそうに見ながら、捨十郎は嚙み煙草をくちゃくちゃさせた。

海賊たちは、まるで合図を受けたように三五兵衛を放り出すと、こちらに目を向ける。滅茶苦茶なようでいて、その統制された行動が不気味だ。

「おとなしくおれさまの申し出を受け入れるなら、おまえたちには今までどおりの暮らしを保証してやろう」

「た――たわけ！」

伯母は殺人光線みたいな光で目をギラギラさせたが、それでどうなるというわけでもなく、捨十郎とその仲間たちの嘲笑(ちょうしょう)を浴びた。

「なんだ、その目は。女のくせに生意気な」

捨十郎は、セクハラ発言をする。

「少しだけ時間をやる。頭を冷やして考えるんだな」

傷と鼻血と痣と腫れで真っ赤になった三五兵衛といっしょに、ツムギたちは船底の牢獄に閉じ込められてしまった。

＊

カンテラの赤黒い光が、牢獄の汚れたゆかを照らしている。

さっきから、鼠が何かを食べていた。

近寄って見たら、それはゴキブリだったので、ツムギは戦慄する。

忠義な三五兵衛は、タコ殴りにされた身でなお、ネズミを追っ払おうと、どったんばったんやりだした。それを眺めるお由良に「ネズミなど、放っておけ」とたしなめられる。

「おなじ袋の鼠、わたしたちの仲間ではないか」

「しかし」

大番頭として、島主がネズミと同じ空間に閉じ込められているというのが、我慢ならないらしい。お由良は、あきらめたような顔で笑った。

「すべて、わたしの油断のせいだ。すまぬ」

「そんなことないよ。悪いのは、海賊でしょ」

　ツムギは思わず強くいった。

「海賊が悪行をなすのは、自然のならいじゃ」

　お由良は達観したようなことをいう。

「島を渡すなどと、捨十郎のいうなりにはなれぬ。しかし、このまま拒んでもきゃつらにいたぶられるだけだろう。かくなるうえは——」

　とてつもなく不吉な言葉を飲み込んで、お由良は腫れて傷だらけで、少しもハンサムではなくなった三五兵衛を見つめた。

「三五兵衛よ、ずっとそなたが好きであった」

　肩透かしなくらいシンプルな言葉で、お由良はいった。

「そなたの触れたもの、何もかもが愛おしかった。そなたが話しかけただけのおなごの全てに、わたしは嫉妬していた」

「島主さま、わたしは百度生まれ変わり、百度、操（みさお）をまもり、島主さまにお仕えいたします」

　感動的な言葉だが、ツムギは呆れた。

「操をまもらなくても、生まれ変わったら結婚したらいいでしょ」

「そうじゃないヨ」

赤殿中がキーキーという。

「生まれ変わる前に、お由良のオバチャン、三五兵衛、ここから抜け出して今度こそ人生を変えたらいいんだヨ」

その瞬間である。

船の天地がひっくり返った。

轟音（ごうおん）と同時に、ゆかも壁も天井も、めりめりと軋んで震える。

ツムギは反射的に赤殿中を抱えて、滑り台みたいになった床をすべった。

鉄格子の外から、煙と熱気と海水とが、同時になだれ込んで来る。

船火事である。

しかも、難破したらしい。

どうしてこんなことばかり起こるのか。

ツムギは絶望のあまり、口をぱくりと開ける。

「キーキー。放して、キーキー」

赤殿中がもがいてツムギの手を振り解き、鉄格子の隙間から外に出た。

く。

「赤殿中――、もどりなさい、赤殿中！」

赤殿中はななめになったゆか板を、なめるように下る海水に呑まれて流されて行く。

ツムギは赤殿中の名を呼んで、鉄格子にへばりついた。

その目の前に、赤殿中が再びヌッと顔を出す。

小さな口にあまるほどの、重たげな鍵をくわえていた。

牢屋の鍵だ。

ツムギがそう察したのが嬉しかったのか、赤殿中が口を「ニカッ」と開ける。同時に、くわえていた鍵が落ちて、海水の滝のようになったゆかを流れて行った。

「アーッ！」

赤殿中がつぶらな瞳を真っ黒にして、鍵を追いかけて水にもぐった。

その小さな姿が視界から消えたとき、大量の水が襲ってくる。

ツムギたちは慌てて立ち上がったが、水位は瞬く間に胸の高さまで達していた。

このまま死ぬのか。

そうなったら、浦島汽船から改めてサスケハナ号に乗ることになるのか。

黄泉への乗客として浦島汽船を訪ねたりしたら、社長と小沢さんはどんなに嘆くだろう。いや、けちな社長のことだから、今月の給料を払わなくて済んだと喜ぶかも――。

　そんなことを考えて思わず憤慨していたら、鉄格子がゆらりと開いた。

　鍵を見つけた赤殿中が、開錠したのである。

「わー、ごぼごぼ！」

　ツムギは半分水につかりながら赤殿中を抱え上げ、伯母と三五兵衛をうながして通路に出た。

　船は四十五度も傾き、はしごを上るのは忍者のようなスキルを要した。

　海水に押し出された空気には、大量の煙が混じっている。火災によるものだ。

　通路や階段、船室や武器庫――つまるところ、船内のあらゆる場所で、捨十郎の手下に出くわさなかったのは、不幸中の幸いだった。もしも敵に見つかったら、この修羅場の中で、生き延びるのは難しかったろう。

（どうしてこんなことに？）

　胸にそう繰り返すが、答えなど見つかるべくもない。

　何が起きたのかを知るには、甲板まで出る必要があった。

　海賊船の乗組員たちは、ボートで船を脱出し、あるいは甲板で伸びていた。

捨十郎が、いつぞやの新田丹みたいに簀巻きにされている。

そのかたわらで、立派な軍服の男が采配をとっていた。

ペリー大佐だ。

海賊船はサスケハナ号に横付けされ、その砲撃を受けて半壊していたのである。

ペリー大佐は古い形の拳銃を、空に向けて撃った。

「撤収！　人質を無事に発見せり！」

そう号令するなり、大きな顔をこちらに向けて、ぶるんと頬を震わせる。

「諸君、もう安心だ。このペリー大佐が、助けに来たぞ」

「え……どうも……」

どちらかというと、おかげで死ぬかと思った。

そんな抗議を飲み込む三人と一匹は、ペリー大佐のサスケハナ号に助け上げられた。

10　浜田柊人氏のこと

奇妙島での活劇の数々を、社長も小沢さんも半分くらいしか信じてくれない。奇妙島の不思議については、何の抵抗もなく受け入れているのに、ツムギの災難など法螺話だと思っている。

頼みの生き証人である赤殿中も、小沢さんの作ったいなりずしをもらって、過ぎたことなど忘れてしまった顔をした。妖怪も動物と同じで、過去にはこだわらないのかもしれないと、ツムギは思ってみる。

さても、天狗や海賊の話を疑ってかかる社長たちは、なにゆえ、サスケハナ号という不思議と一蓮托生の稼業を続けているのか？

（奇妙島のことを知っているのは、輪廻転生帖の輸送にかかわっているからなんだよね、きっと）

では、そもそも、浦島汽船とはなんなのか？

——ふっふっふ。これぞ、境界エリアの神秘だよ。

いつぞや、社長がそんなことをいっていた。

そのときも思ったのだが、境界エリアとは何なのか？

ツムギはサスケハナ号の発ったあと片付けをしつつ、答えの出ない思案を巡らせていた。ところが、その疑問は、意外な形で氷解する。

発端は、浜田柊人という人物がサスケハナ号に乗り遅れたことだ。

前に瀕死のカモメを見つけたのと同じビットに、ひどく元気のない男性が腰かけていた。

影がないので、すぐに生きている人ではないことがわかった。

だけど、ここから旅立つ人たちは、例外なく皆が元気だ。

それなのに、この人はしょげて憔悴して悲し気だった。

二十代のようだが、あんまり落ち込んでいるので老けて見えた。

乗船名簿の「享年」という欄には、二十五歳と書き込まれていた。

「浜田柊人といいます」

乗船名簿にも書いた名前を、浜田氏はあらためて名乗った。

サスケハナ号に乗りそこなうのは、ツムギが思うよりもずっと大変なことのようで、社長と小沢さんが急いでやって来た。長年ここで働いている二人には、影のない浜田氏のアクシデントがすぐにわかったのだ。

「もっと気をつけてもらわないと、困りますなあ。出航時刻がわからなかったのですか？」

社長が、非難がましくいった。

お客さんを相手に、そんな態度をとらなくてもいいのにと思ったが、船に乗るべき人が乗らないと、社長の責任問題が発生するらしい。

「実は、わざと遅れたんです」

浜田氏がそんなことをいったものだから、社長は立派な口ひげをぶるぶるさせて憤慨した。

「きみ……きみね！」

浜田氏は申し訳なさそうにうつむき、おずおずと目だけ上げた。

「実は未練がありまして」

「生きようが、死のうが、未練はだれにだってあるの。それで、いちいち周囲に迷惑をかけるのはやめたまえ」

「ですよね……ですけど」

浜田氏があんまり気の毒な様子なので、ツムギは社長に文句をいおうと口を開きかけるが、当人がふらふらと売店に向かったため、なんとなくいいそびれた。

浜田氏は一食分パックの焼きそばを買うと、嬉しそうに食べ始める。

「すみません。おなかが、へっちゃって」

「それは、かまわない。お金を払ってくれるお客さまは、神さまなのだ」

「それで、ですね」

浜田氏は話をもどした。

「ゆうべなんか、このまま怨霊（おんりょう）になっちゃおうかななんて、思ったりしまして」

「それは、だめでしょう！」

小沢さんが怖い声を出したが、浜田氏はただ気弱に笑った。

「うまいです、焼きそば。黄泉の海の向こうにもありますかね？」

「ありますよ、きっと」

小沢さんが態度を強張（こわば）らせたのは、怨霊になるというのがひどく良くないことだからにちがいない。そう思ったツムギは、浜田氏を励まそうと努めて明るい声でいった。

そんな気持ちが伝わったのか、浜田氏はこちらを見てぺこりと頭を下げる。

「付き合っていた女性が居るんです。彼女がね──元カノなんですけど、今、ぼくの親友と付き合っているんですよ」

「あらら……」

ツムギたち三人は顔を見合わせる。

「それが口惜しくて、船に乗れなかったのね？」

代表して小沢さんが訊くと、浜田氏はあわてて首を横に振った。

「いやいやいやいや、ちがいます。決して、そんなんじゃないんですよ。──ところが、ですね」

浜田氏の死因は、転落死だった。

彼は重い病気で入院していた。治癒の見込みはないと、告げられていた。余命は三ヵ月だった。

浜田氏はショックを受けたが、体調はさほど悪くはない。病気は治らないとしても、三ヵ月よりは長く生きられそうだと思った。入院仲間から、よくそんな話を聞いていたのだ。

「若死にするのは、なんていうか、仕方ないかなあとか、思ったりして？」

浜田氏は病院の屋上で、空を見ながらそう思ったのだという。

青空に、一はけ、白い水彩絵の具を塗ったような雲が、まるで絵のように動かない。だけどいずれは消えて見えなくなり、時が立てばまた別の模様を空に描くだろう。自分もそのようなものなのだ。

「ってことを、考えたりして?」

問題は、そういうことを考えていたときの体勢なのだった。

浜田氏は、いささか子どもじみた性分だった。

子どもじみた人なので、たまにおかあさんに怒られるようなことをしてしまう。

そのときも、まさしく大人に見つかったら、厳重な注意を受けるような馬鹿なことをしていた。

すなわち、屋上のフェンスに腰かけていたのだ。

「やだ、危ない」

ツムギと小沢さんが、思わず声をそろえていう。

実際に、危ないことだった。

運悪く叱ってくれる人がそばに居なかったため、浜田氏はバランスを崩して屋上から落ち、そして亡くなった。

悪かったのは運だけではなく、タイミングも悪かった。

その日は、元カノと親友が互いの気持ちを確認し、付き合うことを決めた日だったのだ。

彼女と親友は、自分たちのせいで浜田氏が身投げしたのだと思った。

いや、確信した。

「まったく違うんですよ。ぼくが死んだのは、事故だったんです。だいたいね、超能力者じゃないんだから、彼女と親友が付き合いだしたタイミングなんてわかるはずないですもん」

「それは、そうだわ」

「でしょ？　親友と元カノのことで傷ついたとか、恨みに思ってとか……そんなんじゃ、ぜんぜんないんです。なのに、ぼくが死んだせいで、二人はうまくいってないみたいで……」

別れそうになっている。

それが、浜田氏の未練なのだった。

彼は元カノのことも親友のことも愛している。その二人が自分のために幸せをぶち壊された中で、自分だけこの先に進むことができずにいるのだ。

「きみは、実に善良な男だ」

社長が、さっきとはうって変わって、いたく感激している。

「ツー子ちゃん、この人を連れて登天郵便局に行きなさい」

小沢さんは確信に満ちた態度でそういった。

となりに居る社長も「それがいい」と大きくうなずいている。

「登天郵便局といったら――」

ツムギは目をぱちくりさせた。

奇妙島に臨時出張所を出していた人たちのことが、すぐに頭に浮かんだ。

輪廻転生帖を書留郵便にしてサスケハナ号に運んでいた人たち――怪力無双の鬼塚さんと、性格の悪い青木さん。

だけどそれよりも、知り過ぎたウェブデザイナーの新田丹の絶叫が耳によみがえり、ツムギは思わず『工事中』という貼り紙がされた、開かずのドアの方を見やった。

そこから続く地下の座敷牢で、新田から記憶を奪ったのは、登天郵便局の赤井局長だ。

「そうそう」

小沢さんは、なんでもないことみたいにいう。

「新田くんを一瞬で白髪にしちゃった、あの赤井さんの郵便局よ」

亡くなった人とはいえ、そんなところにお客さんを連れて行って大丈夫なのだろうか。

浜田氏の心残りの記憶を消すなどという、荒療治をしてもらおうということなのか？

「そうではないよ。この人の問題は、遺してゆく人たちとの意思疎通ができないことなのだ。登天郵便局というのは、そうした問題を解決してくれるのだよ」

「怪談聞かせて？　長持ちを運んで？」

「ツムギくん、きみは何をいっているのかね？」

社長はツムギの懸念（けねん）など相手にしてくれず「早く行け」というように、手で「シッシッ」という仕草をした。

「でも、登天郵便局って、どこにあるんですか？」

地図アプリで探してみても、見つからない。

「この世とあの世の中間」

小沢さんは、またしてもなんでもないことみたいにいった。

ほかならぬ浦島汽船がそういった場所であるにもかかわらず、ツムギと浜田氏は驚いて顔を見合わせた。

「そんなところに、どうやって行くんです？　やっぱり、サスケハナ号で？」

「市営バスで行けるわよ」

小沢さんは、バスの路線と停留所をメモして渡してくれた。

＊

登天郵便局というのは、狗山（いぬやま）という富士山をとても小さくしたみたいな山の、てっぺんにある。

江戸時代のころなどは、富士登山は今よりもっと庶民に人気があった。しかし、だれもがおいそれと登れるわけもなし、富士山のミニチュアをこしらえてご利益を得ようとしたのだとか。

狗山もそうした人工の山にちがいないと社長は分別顔でいっていた。でも、実際に見た狗山は、小振りだとはいえ立派な成層火山の姿をしており、とてもじゃないが人間の手でこしらえ得るものではないことがわかる。

ふもとの停留所まで、バスで行った。

郊外なので、多い時間帯でも三十分に一本くらいしかない、とても不便なところである。バス停では、ずいぶんと待つことになった。

だけど、バスに乗ってからの方が大変だった。

というのは、いっしょに乗った浜田氏は霊魂の身なので、ほかの人には見えない。

（なんで、あたしには見えるのかな）

などという問題は、ひとまず置いといて。

見えない浜田氏は、浦島汽船でのことや、悩みが解消できるかもという期待で興奮して、ツムギにしきりと話しかけてくる。元より、子どもみたいなところがある人なのだ。子どもは夢中になると、空気なんか読まない。

せっせと話す相手を無視するのも悪いから、ツムギはいちいち小声で答えていたのだが、やっぱり変な目で見られる。浜田氏のことはだれにも見えないし、結果的にツムギは一人で会話している変な人ってことになるのである。

（うう。気まずい……）

仕方なしにスマホを出して電話をしているフリをしたら、乗客や運転手に「車内では携帯電話を使わないで」と口々にしかられてしまった。

それで、さすがに頭にくる。

「もう話しかけてこないで」

と、怒った声でいったら、車内がシーンとしてしまった。注意した人たちに対して、ツムギが逆ギレしたと思われたようだ。浜田氏もようやく気付いて反省したが、それから降車するまでの気まずさといったらなかった。

そんなことがあったから、狗山のふもとでバスを降りたときは、心底からホッとした。これから、あの赤井局長や、鬼塚さんや青木さんが居る、なんだかものすごい郵便局に行くのだという緊張が逸れたから、ある意味ではよかったのかもしれない。

舗装されていない細い道を上ると、行くては南と北に分かれている。南に行くと怖い神さまを祀る神社だから、くれぐれもまちがわないようにと、社長や小沢さんにいわれていた。

怖い神さまというのは、奇妙島の天狗よりも怖いのだろうか。そういう神さまが人に祟ったりするなら、こちらの世界も案外と奇妙島に似ているのかも……などと考えつつ、北斜面を行く。

緑は早くも真夏のように黒ずみはじめていて、ニイニイゼミが鳴いていた。

狗山ドライブインとトタンにペンキで書いた立て看板が見え、その矢印の方向を見たら、登天郵便局があった。

「わっ！」

ツムギと浜田氏は、同じタイミングで同じ声をあげる。

それは木造二階建てのしごく味気ない建物だったのだが、その背後から溢れるように、花の咲く庭が見通せた。ダリア、ユリ、オニゲシ、ヒナゲシ、アイリス、ルドベキア、デイジー。花々の彼方に見えるのは、蔓（つる）バラとクレマチスが絡んだ美しい門だ。

「………」

浜田氏は局舎を通り過ぎて、ふらふらとその花畑の方に歩いて行く。

「ちょ、ちょっと。浜田さん、浜田さんったら――」

慌てて追いかけたツムギの目に改めて飛び込んで来たのは、遠景ではまだわからなかった圧倒的な花の空間だった。

美しい。でも――。

地平線まで続く花の風景に、ツムギは首をかしげた。

ここは小さな山の上のはずなのに、下界の景色ではなく、地平線が見えるのは変だ。

（もしや、天国の花畑？）

さりとて、全く現実ではない場所なのかといえば、そうでもないようだ。ギンガムチェックのシャツにオーバーオールを着た大柄な人が、せっせと花の世話をしているのである。

その人物こそ、新田丹の記憶を奪って髪の毛を真っ白にしてしまった、赤井局長だった。

思わず逃げ出したくなったが、逃げなかったのは足がすくんだからにほかならない。

赤井局長は、ツムギが動けずに居るうちに、すごい勢いで駆けてきた。ずっと遠くに居るときは人形劇の人形くらいにしか見えなかったのが、瞬く間に目の前までやって来る。あんなに走ったのに息切れ一つせず、しかし赤ら顔はいよいよ赤くなっていた。

「えーと、中島さんでしたよね。今日はどうしたのかな？」

赤井局長は、幼稚園の先生みたいに優しくていねいに、ツムギの目を覗き込んで訊いた。

それでも、新田が受けた仕打ちを忘れられず、ツムギはびくびくする。

庭の風景にまるで酔ったみたいになっている浜田氏をチラ見しながら、経緯を語った。浜田氏の死と、サスケハナ号に乗りそこなった理由、そして小沢さんに登天郵便局へ行くようにといわれたことだ。

「それなら、うちの郵便局から手紙を出したらいいんですよ。簡単、簡単」

赤井局長はお道化て踊るような仕草をしながら、そういった。

「手紙？」

「そう、元カノさんと親友くんに、事情を説明したらいい。きっとわかってくれるから、安心しなさいね」

赤井局長に手招きされて、浜田氏は心残りなように何度も庭を振り返りながら、こちらに来た。三人で、登天郵便局のちょっとがっかりな感じの局舎へと歩いて行く。

入口近くで、小柄でとても優しそうなおじいさんが焚火をしていた。

少し離れた場所で、あの筋骨隆々の鬼塚さんがラジオ体操をしている。

「青木くん。便箋、便箋。封筒、封筒」

赤井局長にうきうきした調子で話しかけられ、カウンターの中に居たパンチパーマのおじさんが顔を上げた。

眼鏡の奥の細い目が、陰険にツムギたちを睨む。

「なによ」

お客を見て、「いらっしゃいませ」ではなく「なによ」とは、客商売にあるまじき意地悪さだった。ああ、この人はやっぱり奇妙島で見たあの青木さんだと、ツムギは変に納得した。

「こんなところまで押しかけてくるなんて、あんたあたしのおっかけ？」

そんなわけないといいたかったけど、我慢した。

浜田氏も、青木さんの態度に面食らったようで、あまりにも美しい庭に陶酔していたのがわれに返っている。

赤井局長は、邪険にされても少しもめげずに、浜田氏の事情を語って聞かせた。

青木さんは「めんどくさいわあ」と、顔をしかめた。

「本当なら、郵便局にはレターセットなんか用意してないのよ。だけど、下界の郵便局ったら、最近ではそういうものも売るようになったじゃない。しかも、可愛いヤツ。仕方ないから、うちでも置いているのよ。めんどくさいったら、ありゃしない」

そういうわりには、得意げな様子でさまざまなレターセットを見せてくれた。

キャラクターが描かれたもの、可愛い動物たちが寄り添った絵柄のもの、清楚な竹林の風景、鳥獣戯画をあしらったデザイン、古風な筆記用具のイラストが載ったもの、初夏の花模様……見ているだけで楽しくなる。

それなのに、浜田氏は白紙の便箋と封筒を選んだ。青木さんはがっかりして顔を引きつらせ、ツムギも少し不満に思った。

「じゃあ、用件を書きなさいよ」

ますます不機嫌になった青木さんは、ボールペンを放りなげてよこす。

浜田氏は意外な敏捷（びんしょう）さでそれをキャッチすると、まるでラブレターでも書くみたいにはにかみながら、実は悲しい事故の顛末をつづった。

船田瑞希さま
上原純一さま
柊人です。こんにちは。このたびは、おさわがせしました。急に死んでしまって、びっくりさせましたよね。本当に、ごめん。
二人とも、絶対に誤解してるけど、ぼくはおまえたちへのあてつけに自殺したんじゃないから。そこまで、性格悪くないもんね。わかってくれるよね。
病気になったことからして、ものすごいアクシデントだったんだけど、屋上から落ちたのには、自分でも本当にびっくりしました。
あのフェンスに座って空を見るのは、最高に気分が良かったのです。青い空をじっと見ていると、死ぬこともそんなに怖くなくなって、ぼくはあのキレイな青い中に帰ってゆくんだなって思って。それは、近いうちに死ぬことになっているぼくには、とてつもない救いだったんです。

あの日は、ちょっとだけ体調が悪くて、目まいがしたんだ。ふらっとなって、気がついたら、地面に落ちていた。ぼくは、たおれている自分を見下ろしていて、たおれている方のぼくはもう全然動かなくて、あちこちから血が出ていた。やっべー、これ死んだって、すぐわかったよね、笑。いや、笑いごとじゃないってな。

ぼくは、瑞希と別れたけど、今でも本当に瑞希が好きです。今は恋愛っていう感情ではなく、人間として好きです。

上原が瑞希と付き合うことに、少しの抵抗もないっていったら、そりゃウソになるよ。人間って、不合理で欲張りなところあるでしょ。でも、大好きな瑞希と大好きな上原が、恋愛という新鮮な愛情を獲得して、それが恒久的な愛情になってゆくんだなって思うと、ぼくも気持ちがあたたかくなる。

だから、どうか、ぼくが原因で別れるなんてしないでね。そんなことしたら、ぼくは地獄に落ちるかも、笑。いや、笑いごとじゃなくて、ほんと。

二人とも、ぼくのためにも幸せになってください。ぼくはずっと、おまえたちの味方だから。約束するよ。大好きな瑞希と大切な上原が、いっしょにおばあさんとおじいさんになるのを、見守っているからね。

「どうかな？　変じゃない？　意味、伝わるかな？」

「おまえたちじゃなくて、あなたたちの方がよくないですか？　手紙だし」

「いいの、いいの。ぼく、ふたりのことをどっちもおまえって呼んでたし」

浜田氏は鼻歌で『てんとう虫のサンバ』を歌いながら、手紙を三つにたたんで封筒におさめた。

「よし。これで、安心だ」

そういって、浜田氏は言葉とはうらはらにうなだれた。

「……なんで、あんな風に死んじゃったかなあ、ぼく」

封緘のシールだけは、赤いダルマを愛嬌たっぷりに描いたものを選んだ。切手は、魚と貝殻の絵柄だった。

赤井局長が、無言で二回、浜田氏の肩をたたいた。

「じゃあ、こちらへ」

赤井局長は手紙を持って局舎を出ると、正面口のそばで焚火をしているおじいさんに二言三言、声をかけ、驚いたことに焚火にその手紙を投じてしまった。

「あっ」

「えっ」

ツムギと浜田氏が呆気に取られている前で、せっかく書いた手紙は炎に巻かれて踊り、はらはらと消失する。

白い煙が一本、空にのぼって、まるで手紙の文字が浮かび上がったように見えた。次の瞬間には、それがふわりと風に吹き飛ばされた。

「これで、大丈夫。手紙はちゃんと届きます」

「ええ?」

このおじいさんがしているのは、ただの焚火ではなく、霊魂と生きている人とをつなぐ郵便配達なのだという。

「この焚火で燃やされた手紙は、明け方の夢になって宛先に届くのです」

おじいさんは、新製品の家電の説明をするくらいの当たり前さで、そう説明した。

そこでツムギが根掘り葉掘り質問しなかったのは、局舎から出て来た青木さんに、怖い目で見られたからだ。

「ちょっと、あんたたち。功徳（くどく）通帳はどうするのよ?」

「功徳通帳とはなんですか？」

霊魂の浜田氏は、この焚火を見て生きる者以上に納得できることがあるのかもしれない。青木さんにいわれた耳慣れない通帳のことに、意識が移ってしまったようだ。

問われた青木さんは、嬉しそうな顔をする。

「やだ、そんなことも知らないの？　功徳通帳に記帳しないでむこうに行ったら、最悪、五十六億七千万年くらい待たされるんだから」

その功徳通帳というのは、生きているときの善行と悪行が、くまなく記された通帳なのだと、赤井局長が説明してくれた。亡くなった人だけではなく、生きている人も、登天郵便局にくれば無料で発行してもらえる。

無料と聞いてツムギは勢いよく手を上げた。

「あたしの分も、お願いします！」

青木さんはまた例によってぶつぶついいながら、でも実は楽しそうにツムギの通帳を機械の中に差し込んでいる。その間に、出来上がっていた浜田氏の通帳を覗き込んだ。浜田氏が、自分の功徳通帳を眺めて、おかしそうにくすくす笑っていたからだ。

「うわー、浜田さんったら」

「あはは」

ツムギは浜田氏の悪行を、遠慮もなく声に出して読みあげる。

「電車の中で見知らぬ人の足を踏んだ。しかも、直前にその靴で犬のフンを踏んでいた」

「いやあ、そんなことあったけ。参ったなあ」

ほかにも、高校時代に親友から借りた日本史の教科書の、フランシスコ・ザビエル像に落書きしてアフロヘアにした——とか——小学生のときに学校のプールでおしっこをした——なんて悪行が連なっている。

もちろん、善行だって印字されていた。迷子の柴犬を引き取って、老衰で死ぬまで面倒をみた。いじめられて無視されていた友だちのかたきをとるため、いじめっ子を無視してやった。

「これも善行ですか？」

「うん。いじめてたヤツ、なんか応えたみたいで反省してたよ。ぼく、意外とね、クラスの最高実力者だったんだ」

「あ、認知症のお年寄りを、家まで送り届けたことがあるんだ？　そのとき、コートまで貸してあげたんだ？」

「あのときは、ぼくが風邪ひいちゃった」

「えらいなあ。浜田さん、えらいです」

「そうかな」

浜田氏はしきりに照れている。

もっと見ようとしたら、青木さんがツムギの分を放り投げてよこした。

「あんた、浦島汽船で働いているんですって？　同じ境界エリア協会の事業所じゃないのよ」

ここも境界エリアなのだ。

それが何なのかという疑問が、ようやく解けた。

この世とあの世の境界。だから、境界エリア。

「なのに、功徳通帳のことくらい、知らなくてどうするのよ！」

青木さんは怒った声でいう。

そんなツムギの功徳通帳を、今度は浜田氏が覗きたがった。

「だめ。秘密です」

「ずるいよう」

浜田氏は子どもみたいに口をとがらせ、青木さんはいらいらと手を叩いた。

「はい、はい、はい。ところで、あんたはここから天国へ行くの？」

「え、ここから？」

浜田氏は窓から庭を見やり、少し考えてからかぶりを振った。

広大な庭の中にある蔓バラの門が、あの世に通じるトンネルになっている。サスケハナ号の不思議な航路と同じ役目を果たしているのだとか。

登天郵便局に到着したときに、浜田氏が庭の景色に酔ったみたいになったのは、霊魂の身を引き付けるこの庭のえもいわれぬ魅力のためだった。サスケハナ号には自らの意思で乗りそびれたわけだから、こちらの庭の方が浜田氏には向いているのかもしれない。

「そりゃあ、わたしが丹精してるもの」

赤井局長は得意げに顔を輝かせている。

「でも、ここじゃ、だめなのかい？」

「そうですね——。一度、浦島汽船に行ったので、やっぱりあちらの船に乗ります」

生きている人の密航や、亡くなった人の乗り損ねが問題になるように、各境界エリア事業所では、営業実績が問われるようだ。

（でも、だれに問われるの？）

前に一度聞いた、閻魔庁という謎のお役所にだろうか？

ともあれ、浦島汽船も登天郵便局も、お客さんに自分たちの施設を利用してもらいたがっているみたいだ。

「営業努力は欠かせないんだよ」

赤井局長はしかつめ顔をつくって、腕組みをした。

そのお客さまサービスの一環が、広大な天国の花畑だったり、人生を振り返る『走馬灯』という映画の上映だったりする——そうだ。

「じゃあ、浦島汽船のお得なサービスってなんですか？」

「そりゃ、黒船に乗れることだわよ。生のペリーにも会えるわけだしさ。——サスケハナ号は幽霊船で、ペリーも幽霊なわけだけど」

そういってすねる青木さんだが、赤井局長や、鬼塚さん、焚火のおじいさんといっしょに、『狗山ドライブイン』という看板があるところまで見送りに出てくれた。

帰路のバスの中で、来たときと全く同じ騒ぎを演じてから、ツムギと浜田氏は浦島汽船にもどった。

珍しいことに、その日はもう一度蒸気船の運航があり、浜田氏は今度はしごく明るい面持ちで旅立った。

11　ピンチ！

浜田柊人氏がサスケハナ号に乗ってから、十日が過ぎた。

浦島汽船は相変わらず、クジラ号とイルカ号で亀ヶ崎半島からのお客さんを運び、不定期に来る蒸気船が巨体を桟橋に横付けし、マーチを奏で、見送りのエキストラたちが大騒ぎし、旅人たちがそれぞれ最後の航海のためにやって来た。

サスケハナ号が出航した後の、紙吹雪とテープを掃き集めていたら、埠頭にカップルが居るのを見つけた。見送りエキストラだろうか。彼らは蒸気船が出ると、例外なくさっさと撤収するのが常だから、いささか気になった。

「早くバイト代を受け取らないと、けちんぼの社長が、要らないならあげないとか、いい出しかねないよね」

そう足元の赤殿中に話しかける。

ところが、返事がなかった。

赤殿中は珍しくツムギから離れて、ロビーで遊んでいるようだ。さっきサスケハナ号で旅立ったお客さんが、おみやげにポケモンのぬいぐるみをくれたのである。ツムギには、黄色いリボンで作ったエンゼルフィッシュのブローチをくれた。うれしかったから、すぐにネームプレートの上にとめた。

「赤殿中も、息抜きが必要だよね」

ツムギは上機嫌で、小さくひとりごちる。

レレレのおじさんみたいに、箒でアスファルトの地面をはきながら、二人ににじり寄った。女の人が、風に吹かれる長い髪を両手でおさえて、ぽつりぽつりと話していた。その中から「柊人くん」という名を聞きとる。

(あ。もしかして――)

浜田氏のことだと気付いて、ツムギは思わず手を止めた。

この二人は、浜田氏の元カノと親友だ。

瑞希さんと、上原さんである。

彼らがこうして寄り添っているということは、登天郵便局で書いた手紙が無事にとどいたのだ。浜田氏が天国行きの船に乗れないくらい気にしていた二人の関係が、仲良しにもどったことは、ツムギにも嬉しかった。

その視線に気づいたのか、元カノさんがふとこちらを見る。

ツムギは慌てたけど、二人は遠慮がちな笑顔で会釈をくれた。

(この人たち、気がついているのかもしれないな)

この埠頭が、浜田氏が天国へ旅立った場所であること。

ツムギが、そんな不思議な場所で働く者であること。

ツムギもお辞儀をして、帰って行く二人の後ろ姿を見送った。浜田氏が「おまえたち」と呼んでいた二人の幸せを祈りながら、少しだけ胸の奥がつんつんと痛くなった。これはきっと浜田氏と同じ気持ちだ。

そんな風に考えて、掃除を再開しようとしたときだ。

踏み出した足が、つるりと滑った。

尻餅をつくまでの時間が、まるでスローモーションのように緩慢に過ぎて行く。

だけど、ツムギにできたのは、自分の靴底をすべらせたのが、バナナの皮だと気付くことだけである。

(なんだよー、こんなところにバナナの皮なんか捨てないでよー)

そう思って、立ち上がろうとした。

だしぬけに、目の前が真っ暗になる。

背後から、何者かに黒い布袋をかぶせられたのだ。

「ちょっ……なに……」

文句をいう間はなかった。

袋の中はあやしげなにおいがして、それを嗅いだとたんにからだから力が抜けてしまった。薬草じみたにおいだ。全身の自由が利かなくなり、舌が麻痺して悲鳴もあげられない。

それでも、懸命に立ち上がろうと――逃げようとするのだが、ひざに力が入らなくて、まるで陸揚げされた魚みたいにもがくばかりだ。

「……！」

狼藉者（こんな狼藉をはたらくのだから、そう決めつけてまちがいはあるまい）は、いともたやすくツムギを担ぎ上げる。

荷物のように肩に乗せられて、自分が運ばれているのがわかった。

波の音の変化で、桟橋まで連れてこられたのがわかる。

不意に、降ろされた。

思いのほか、しずかに横たえられたが、そのはずみで周囲が左右に小刻みに揺れた。

ブランコや揺り籠みたいな揺れだが、ブランコや揺り籠なわけはないから、舟であるとは見えなくてもわかった。

波の音が間近になったので、すぐかたわらに海面があるのだろう。

すなわち、これはボートのような小舟だ。

狼藉者が何人なのか、何者なのか、言葉を発しないので何もわからなかった。

わかっているのは、これが誘拐で、ツムギが危機的状況にあるということだ。

「にゃれにょ、にゃんにゃにょ……！」

だれよ、なんなの——と怒鳴ったつもりが、ひそひそ声の猫みたいなしゃべり方になってしまう。

狼藉者は、何も答えない。猫語を笑ってくれさえしない。

聞こえるのは、波の音と櫂を動かす音だけだ。

袋にしみ込ませている薬（？）のせいで、意識もろとも、時間の感覚まで曖昧になってゆく。

小舟で運ばれたのが、何分だったのか何時間だったのか。理屈に合わないことではあるが、この緩慢な揺れと海の音が心地よく、ずっとこうして揺られていたいと思った。

同時に、時間が経てば経つほど、安全な場所から遠ざかっているのだということもわかっている。

舟はさざ波をたてて、岸にたどり着いた。

櫂の音は聞こえなくなり、ツムギは再び担ぎ上げられて、舟から降ろされた。

「歩け」

狼藉者は、はじめて言葉を発した。意外と柔和な男の声だ。

(聞いたことある声。でも、だれだっけ)

靴底に、ごつごつした岩の存在を感じ取る。——確かに、ここは陸地だ。

鼻先で、木戸が軋みを上げて開いた。

どしん、と背中を押されて、前のめりに倒れる。

両手をついたそこは、平らにならされていた。それで、建物の土間であるとわかった。でも、黒い袋をかぶせられていたせいで、そこが宮殿なのか掘っ建て小屋なのか、明るいのか暗いのかもわからない。

「だれよ、なんなの？」

ツムギはさっきの言葉をくりかえした。袋にしみた薬（？）の効果がうすれたのか、今度はまともな言葉が出た。

「きゃ」

袋を外されてようやく、窓もない粗末な小屋の中に居ることを知った。

そこは三坪に満たない狭い板張りの小屋で、戸も壁もあちこち隙間だらけだった。

そのすきまに、ワカメやら昆布やらが、乾いてへばりついていた。

足元にはヒトデや魚や蟹(かに)の干からびたヤツが転がっている。

それで、変なにおいがした。

それはともかく、目の前に居る狼藉者の正体がわかって、怒るのも忘れる。

「あなた――」

ツムギは、驚いて口をぱくぱくさせた。

狼藉者は、奇妙島の町医の田浦玄庵だったのだ。怪我をした急患の手当をしてくれた、あの優し気な中年男だ。

玄庵は――こんなわけのわからない無法をはたらいた玄庵は、それでもとても優しい顔をしていた。ほかには、仲間が見当たらなかった。

ツムギは怒るべきか、驚くべきか、それとも暴れて逃げるべきか、迷った挙句(あげく)にどうしていいのかわからず、ただ絶句した。

「気の毒だけど、おまえさんに生きていられたのでは困るのだよ」

開国派を標榜して、観光地のペナントやら、電気がないので使えない家電やら、子ども向けのキャラクター製品やらを集めていた、ちょっとマヌケでちょっと可愛いおじさんであるはずの玄庵は、ひどく物騒なことをいった。

ツムギはもちろん、こんなあからさまな害意を向けられた経験などない。

だから、ただ唖然とするよりなかった。

それでも、懸命に頭を働かせようと、両手で髪を掻きむしる。

開国派――開国派――開国派――。

目の前に居る玄庵の優し気な顔に、いやな感じの冷酷さが透けて見えた気がした。

そう思ったとき、答えがわかった。

(確か……)

開国派は、元弥を次期島主にしたがっている。――元弥は、あまり乗り気ではないようだが。

元弥に島を継がせることを望まない人たちは、ツムギをお由良の跡継ぎにさせようとしている。――ツムギも、やっぱりまったく乗り気ではないのだが。

(まさか、それで……)

ツムギを始末して、元弥の地位を確定させたいのか。

もっと飛躍すれば、その調子でお由良のことも亡き者にすれば、自動的に奇妙島の統治権は元弥のものとなる。

元弥は政治とか統治とかまるで苦手だろうから、奇妙島は元弥を担ぎ出した開国派の思うままになる。

「ご名答だな」

「ば——そんな馬鹿なことを……」

それじゃあ、あの海賊の名佐祁捨十郎と同じではないか。無慈悲で無分別で短絡的に過ぎる。

「革命とは、そういうものなんだよ」

玄庵は諭すようにいう。

ツムギは頭にきた。分別顔で「そういうものだ」なんていう種類の話ではない。

「ここは、どこなんですか？」

こんな無法、奇妙島の妖怪たちが許すはずがない。

ツムギの考えが正確に伝わったようで、玄庵は笑顔になる。

「それについては、心配してくれなくていいんだよ。ここは奇妙島ではなくて、名前もない小さな島だ。島自体が妖怪みたいなものなのだがね」

「……？」

「潮が満ちると、水位があたりまえの場所より十倍も増すんだ。だから、島全体が海中深く沈むことになる。つまり、おまえさんは溺れ死ぬんだよ」

玄庵は左腕をもたげる。手首には、文字盤にアニメのキャラクターが描かれた時計がはめてあった。

「今日の満潮は、十四時五十分だ」

「なぜ――すぐに殺さないのよ」

強がりというよりは――すぐに殺されることへの恐怖のあまり、思わずそういった。さりとて、玄庵のいうような形で命を奪われるのも、御免である。

玄庵は、ツムギの言葉に込められた抗議を聞き取りもせず、ただの質問として受け取ったようだ。

「これが、海賊の好む処刑方法なんだ。おまえさんは、連中を怒らせたばかりだろう。ここで死ねば、だれもが下手人は名佐祁捨十郎だと思うだろう」

玄庵はそれをいかにも名案であるように説き、不意にツムギの肩を力任せに押した。

「きゃっ！」

ツムギはもののみごとに尻餅をつき、そのすきに玄庵は身をひるがえして小屋の外に出てしまう。

「ちょっと、待って——」

慌てて戸にかじりついたが、遅かった。

板戸を隔てて、がたがたと音がした。——閂をかける音だ。

音はすぐにやみ、押しても引いても、戸は微動だにしなくなる。

「これで、よし。残り少ない時間を、せいぜい楽しみなさい」

は、は、は！

玄庵は憎たらしい高笑いをした。

（お……おのれ！）

ツムギは無意識のうち、時代劇調にうめいてほぞをかむ。

遠ざかる足音に続き、乗り手を得た舟が海に漕ぎ出す水音が届いた。

それきり、ツムギは無音のうす闇の中に閉じ込められてしまったのである。

*

十四時五十分は、刻々と迫っていた。

板壁の隙間から、勢いよく海水が流れ込んでくる。

ワカメやヒトデや蟹も、一緒に流れ込んでくる。

水位はすでに、ひざ辺りまできていた。

小魚が群れになって泳ぎ、ツムギのひざのところでターンした。

ときおり、カモメの鳴き声が遠くから聞こえる。

ツムギは疲労困憊したからだで水を漕ぎ、ささくれた板壁にもたれた。

小屋はいかにも安普請で、しかも老朽化していたから、壊せないものかと今まで頑張っていたのだ。

体当たりを繰り返し、叩いてみたり、蹴飛ばしてみたり、だけどどうすっぺらなはずの壁からは木屑ひとつこぼれはしなかった。

もっとも、小屋を壊して戸外に出ても、この小さな島はほどなく海中に沈み、泳ぎがあまり得意でないツムギは、どうあっても溺れてしまうだろう。

両親が亡くなっていて、よかった。

こんなにひどいめに遭って親に先だったとしたら、おとうさんもおかあさんも悲しくて胸がつぶれてしまったろう。

そう思っていたら、涙が出てきた。

まばたきすると、頬を熱いしずくが伝う。

いったん泣いてしまうと、もう抑えが利かなかった。悲しくて、怖くて、こんな目に遭わされたことに腹が立って、小さな子どものように「わんわん」と声をあげて泣いた。泣けば泣くほど気持ちが高ぶり、ますます泣いた。

だから、見かけの百倍も頑丈な開き戸の外で、ガタガタと音がしたのに気付かなかったのだ。

突如として、光がなだれ込んでくる。

ツムギは泣くのをやめて、口をぽかりと開けて、その光を見た。

戸に区切られた長四角の光の中から、ふんどし一つしか身に着けていない、ずぶ濡れの男が現れた。青白くてうすい胸板に、赤い錦のお守り袋がへばりついていた。得意さと非難とで、整った顔が引きつっている。

それは、元弥だった。

その頭に赤殿中が乗っている。

「こういうことは、あたしゃ苦手なんだけどねえ」

さっきよりもさらに高くなった海水をばちゃばちゃとこいで、元弥はこちらに来た。

「こいつが、教えに来たんだよ」

ちょうど舟に乗っていた元弥が、海面に浮かぶ毛玉のようなものを見付けて引き上げた。それが赤殿中だった。

助け上げられた赤殿中からツムギの身にせまった緊急事態のことを聞いて、元弥はとるものもとりあえず、こちらに来たという。

「そうだったの」

ツムギは、両手で涙とはなみずを拭いた。

「赤殿中〜」

「これ、落ちてたヨ」

赤殿中は、お客さんがくれたエンゼルフィッシュのブローチを握りしめている。リボンがほどけて、へなへなになっていた。赤殿中自身も、すっかり濡れてやせっぽちに見える。ツムギが玄庵に連れ去られたのを見て泳いで後をつけ、それから危急を報せに奇妙島までさらに泳いだのだという。

ツムギは、ぬれねずみの小さな体をひしと抱いた。

「ああ、赤殿中、赤殿中、世界で一番好きだよ」

「ちょっと、あたしにも感謝したらどうなのさ。この従兄さまにもさ」

元弥はそういうと、ツムギと赤殿中をその場において、さっさと外に出てしまう。

一足おくれて後に続くと、元弥はすでに舟に乗り込んでいた。

「悪いけど、あたしゃ先に行くから。ちょっと急いでんだよ、悪く思わないでおくれ」

「え？」

まったく驚いたことに、そして呆れたことに、元弥はツムギに浮き輪を投げると、一人で舟を漕ぎだした。

追いかけようとしたら浮き輪が流されそうになったので、そっちの方に気を取られているうちに、舟は潮に乗ってどんどん離れてしまう。

「元弥さん——元弥さんってば——」

呼んでも無駄だった。

助けてもらったのはありがたいけど、元弥の無情さには腹が立つより呆れてしまった。

そんな元弥の不可解な行動の理由を知ったのは、ツムギが赤殿中を抱いて小屋の屋根の上に避難してからのことだ。

浮き輪を胴体に通して、少なからず間の抜けた格好で、途方にくれていた。

本当に間の抜けた格好だったが、見とがめる人がいないのは幸いだ。

……いや、少しも幸いではない。

間抜けだろうが、恥をかこうが、ここに置き去りにされるよりどれだけマシかわからない。

大海の漂流者のように、ここでぽつねんと夜を過ごし、ここで飢えて渇いて朽ち果てることを想像して、ゾッとした。浦島汽船からここまで、そして奇妙島まで泳ぎ、ツムギを助けようとした赤殿中まで巻き添えにしたのでは、死んでも死にきれない。

「赤殿中〜」

また泣きたくなったツムギの、ぬれて重たいジーンズの裾を、赤殿中がひっぱった。

舟が見える。

一人が漕ぎ、一人がこちらに手を振っていた。

だれかはわからないが、こちらの存在に気付いて救助に来てくれたように見える。

「おーい。おーい。助けてくださーい！」

ツムギが叫ぶと、向こうも声を張り上げて答えた。

聞き覚えのある声だった。

舜助と三五兵衛だ。

「おーい。おーい。ありがとうございますー。お手数かけますー」

もう叫ばなくても大丈夫なのに、嬉しさのあまり、ツムギは舟に助け上げられるまで大騒ぎした。

「ツムギさま、ご無事で——」

舜助が手ぬぐいで髪の毛を拭いてくれ、三五兵衛はせまい舟の上でツムギの無事を喜んでおたおたしている。

「元弥坊ちゃんが、輪廻転生帖を持ちだしたんだ」

「それって……」

「坊ちゃんのやつ、島主本家から盗み出したのさ」

門外不出の輪廻転生帖を、持ち逃げしたのだという。しかも、元弥が盗んだのは、極楽浄土から下生したばかりの原本だ。

軍隊がなく、保安要員も居ない奇妙島の体制が、こんなときに災いした。

この不届き者を追うような、訓練された者が居ないのだ。

島の男たちは、三々五々に慣れない追跡に、海へと漕ぎ出した。舜助と三五兵衛も元弥を追って舟を出し、偶然こちらに船首を向けたのである。

「元弥さんなら、さっきあたしを助けてくれたんです。でも、すぐに一人で行ってしまって」

ツムギは、お腹に回した浮き輪を指さす。

「どっちに行った？」

舜助に訊かれて、ツムギは頭をひねる。

「あっち……かな」

「追いかけなきゃ。行くぞ」

助かったとわかった赤殿中はツムギの足元でうたた寝を始め、ツムギは櫂を漕ぐ男たちに尋ねた。

「でも——元弥さんは、そんな大事なものを持ち出して、どういうつもりなんですか？」

「書置きがあったそうだぜ」

余は奇妙島島主になるつもりなど、さらさらなしに候。面白おかしく暮らすことこそ、人の本分にてござ候。此度こそ、まことの出奔にて候ゆえ、ご一同さま、いざさらば。

「う〜ん」

ツムギは呆れて頭をがりがりと掻いた。

「輪廻転生帖を持ち出した理由がわかんないんだけど」

「面白おかしい暮らしのための軍資金だな」

舜助が怒った声でいう。

「きっと、どっかに法外な値段で売り飛ばす気だ」

機密中の機密である輪廻転生帖を、だれに売り飛ばす気でいたのか。

それはほどなく知れた。

ツムギたちは大海原を行く小舟と、その背後にある漆黒の帆船を見つけたのである。

それでピンときた。

海賊船長の名佐祁捨十郎は、輪廻転生帖から得る利益を独占しようと目論んでいた。

一方に、それを売りたい者が現れる。

両者が結びつくのは、自然な流れだった。

「こらーっ！　元弥ー！」

舜助が、相手が島主の甥なんて身分ももはやそっちのけにして、怒った声をふりしぼる。

遠くに居る元弥が、こちらを見た。

元弥の舟は海賊船にぴたりと横付けしている。

海賊船の甲板から、元弥の方に何かが投げられた。

それはサスケハナ号の乗客たちが投げる色とりどりのテープみたいにも見えたが、元弥がよじのぼり始めたので、テープではなく縄梯子だとわかった。

「ちっくしょう！」

今しも手の届かないところに逃げおおせてしまう元弥を遠くに見据え、舜助は地団駄を踏んだ。実際に足踏みをするものだから、小さな舟は左右に大きく傾ぎ、三五兵衛が息子を叱る。

「舜助、よしなさ……」

しかし、そんな三五兵衛の声は、間近であがった水煙に掻き消された。

元弥を無事に収容した海賊船が、こちらに向けて大砲を発射したのである。

「わわっ！」

舟は起き上がりこぼしのごとく揺れ、ツムギは赤殿中を抱いて、うずくまった。もはや目に入るのは狭い舟底ばかりだが、次の瞬間、しぶきに濡れた舟板を巨大な影が覆ったのは、すぐにわかった。

ゴウッと、蒸気機関の唸り声が海原に響く。

ツムギたちは、そろって同じ動作で振り返った。

かつて江戸の人たちを仰天させたその威容が、天高くそびえている。

敵の船がしたのと同じく、縄梯子がこちらの舟に向かって降ろされた。

「乗りなさい」

はるか上の甲板で、ペリー大佐が大きな顔を険しくさせて、高らかにそう呼ばわった。

縄梯子をのぼるなんて、ツムギにとってはサーカスと同じくらいのアクロバティックな芸当だったが、文句をいえる雰囲気ではない。Ｔシャツをジーンズの中にたくし込んでから、胸元に赤殿中の小さな体を押し込んだ。

「せまいヨー。せまいヨー」

「大丈夫、すぐだから」

と、根拠のない保証をする。

「ファイト！――ファイト！――フレー、フレー、ツムギ！」

自分で気合を入れて、ざらざらする縄に手をかける。

手も足も震えた。

今にも、四本の手足がばらばらになって踊り出しそうだった。

でも、のぼった。甲板までの距離は、地獄から極楽までの距離より遠い気がした。

『蜘蛛の糸』という小説で、あの犍陀多がのぼりきれなかった距離より、である。

「ファ……ファイト……」

気合は、いつの間にか泣き声に変わっている。

同じくらい怖いことをしおおせたのだから、元弥もただの卑怯者ではない気もする。だとしたら、元弥という男は何だというのだろう。

一本、筋の通った卑怯者――。

その結論を得たとき、船員の太い腕がツムギを甲板に引っ張り上げた。

すぐ後から続く舜助と三五兵衛が、次々とサスケハナ号に乗り込む。

「よし。砲撃開始だ」

ペリー大佐がいうと、命令は次々に復唱され、甲板の大砲が轟音を発した。

驚いた三五兵衛が転んで、舜助に助けられている。

サスケハナ号に装備された大砲は次々と火を噴き、負けじと海賊船からも砲撃が始まる。

それぞれにツムギたちと元弥を乗せた因縁の二隻により、海戦の火ぶたが切られた。

12　パニック

海賊船は撃沈されたが、捕らえた敵の中に元弥の姿はなかった。

海賊船から逃げたボートが、一艘足りない。それに乗って逃げ出せたのか、それに乗って逃げて波に呑まれたのか。

母親であるお由木は残されたペットのアルパカたちに取りすがって泣いたが、島主のお由良は三五兵衛、舜助、ツムギを呼んで無情なことをいった。

「いっそ、死んでくれていればよいが」

輪廻転生帖が回収されるか、それとも海に沈んだか、いずれかわからないうちは泣くことも笑うこともできない。そういって、お由良は舜助とツムギを見た。

「わたしは今、屋敷から離れるわけにはゆかぬ。ご苦労だが、そなたら、常夜ヶ森（とこよがもり）へ行って、大妖怪さまのお告げを聞いてまいれ」

島民たちは、盗まれた輪廻転生帖が元弥とともに海の藻屑（もくず）になったと思っている。いまだ元弥が島の命運を握ったまま逃げおおせているかもしれないなどとわかれば、今度こそ恐慌状態に陥るにちがいない。

したがって、一部始終を知るツムギたちだけが頼りだと、お由良はいった。

サスケハナ号の甲板で転んだ三五兵衛が捻挫（ねんざ）していたため、大妖怪のもとへはツムギと舜助の二人だけで行くことになったのである。

「常夜ヶ森――大妖怪」

あまり、楽しそうな響きではない。

ツムギはいやだともいえず、なさけない顔で舜助を見た。

舜助の方は、ちょっと角の肉屋でコロッケを買って来てなんていわれたくらいに、ケロリとしている。

「常夜ヶ森ってのは、奇妙島で一番に恐ろしい場所なんだ。そこに住む大妖怪は、鵺っていって、奇妙島で一番に恐ろしい妖怪なんだ」

「えー」

やっぱり行きたくない。

今度はあからさまに泣き真似をして見せたけど、お由良は見ないフリをした。

＊

常夜ヶ森は、陰樹の茂る鬱蒼（うっそう）とした場所だった。

島で一番の妖怪の棲（す）み処（か）であるため、猟師も杣人（そまびと）も足を踏み入れない。普段は出入りする者もない原始の森である。

それでも、まったくの人跡未踏というわけではないことは、足元にときおり転がるしゃれこうべを見ればわかった。……いやなわかり方だ。

森に入ってから見上げる空は、なぜかレバーみたいな赤黒い色をしている。

点々と転がるしゃれこうべの周囲には、燐光（りんこう）がゆらめいていた。

人間のてのひらほどもある真っ白い蛾（が）が飛び、それを追って何だかわからないものが空中を飛び交っては、蛾を捕まえて食っている。

しゃくしゃくという咀嚼音がして、むしった羽と鱗粉（りんぷん）が舞い落ちる。

その何だかわからないものは、哄笑に似た声で鳴き交わし、樹上からときおりフンを落とした。ゲル状のフンもまた、青白い光を発していた。

「不気味だね……」

いわずもがなのことをいうと、舜助は驚いたことに楽しそうに笑う。

「小さいころは、ここに来ちゃ駄目だって大人たちに口をすっぱくしていわれてたんだ。だけど、今日は島主さまの命令だから、だれにも怒られる心配がねえや」

「てことは、小さいころも来たりしてたの？」

「あたぼうよ。常夜ヶ森は、島の子どもたちの人気のスポットでな。毎年、何十人も行方不明になるんだよな」

そういって、高らかに笑う。

……笑うところではないと、ツムギは顔をしかめた。

「うわっ」

罠のように伸びた蔓につまずいて、尻餅をついた。

歩いているのは当然のことケモノ道で、それもどんなタイプのケモノの通り道なのか想像すると、回れ右して走って帰りたくなる。

「そうだな、ここを歩くのは鵺の手下だ」

「鵺って……どういう妖怪？」

「いい伝えでは、サルとタヌキとヘビとトラが混ざったような感じだってさ」

「どういうことするキャラなの？」

「さあなあ」

転んだツムギを助け起こし、舜助は首をかしげた。

「名前をいうだけで祟られるっていうから、だれもあんまり鵺の話をしたがらないんだよ」

なるほど、お由良も「鵺」とは呼ばずに「大妖怪」とだけいっていた。

「それを早く教えてよ」

「なあに、怖がってるんだよ。名前を呼んだだけで、たたられることなんてあるもんか。やっほーい、鵺鵺鵺鵺鵺鵺鵺〜鵺ってなもんだ」

舜助が「ぎゃははは」と笑ったときである。

闇が増した。

その闇の中に、巨大なピラミッドが出現する。

林立していたはずの巨樹は、どうした具合なのか消え失せていた。赤黒い空も然り。

ただ、真っ暗な中にピラミッドがあるのだ。

それは、大きさこそ途方もなかったが、テレビで見て形を知っているエジプトのものともマヤ文明のものとも異なっていた。

目の前に立ち現れたピラミッドは、人間を含め、地上に生息するあらゆる動物の骨を積み重ねて作られており、その骨は煤けたり黄ばんだり……しているのは、まだいいのだ。中には、肉や皮や内臓が残っているものもある。

（うわ～）

ツムギは、思わず両手で頬をおさえた。

むき出しの腕に悪寒が走り、鳥肌が立つ。

（マジ～？）

真っ暗闇の中で、どうしてその細部まで見えるのかといえば、道端のしゃれこうべを照らしていたのと同じく、骨の一つ一つが淡い燐光を発しているためだ。

そして、骨になった生き物たちが一斉に発したような重厚きわまる和音で、それは言葉を発した。――つまるところ、このピラミッドが鵺であるらしい。もはや、サルとタヌキとヘビとトラとかの話ではない。

『なにゆえ、われの棲み処を侵す』

「ええと、ごめんくださいよ。ちょいと、お尋ねしたいんですけど。元弥坊ちゃんは生きてますかね？　あの人って、いったいどういうつもりなんでしょうか？」

どういうつもり――というのは、あんただよと、ツムギは悲鳴をあげそうになる。

舜助は、これほど不気味なものを相手に、近所のご隠居さんにいうみたいに話しかけたのだ。しかも、鵺の最初の問いを無視して。

だが、鵺はそれについては、特に怒らなかった。

『元弥の目的は混乱をもたらすこと』

鵺はおごそかにいった。

『その混乱に乗じて逃げるつもりである』

「逃げるって、どこに？」

『阿呆の気持ちなど、われに訊くな！』

燐光が、すごい光量になる。

「す――すみません！」

ツムギはぺこぺこ頭を下げ、舜助にも無理にお辞儀をさせた。

『ただ出奔しても、島に連れ戻されるだけだからな。元弥は以前も島を抜け出したが、母親に連れ戻されたであろう』

鵺は、元弥とお蓮の駆け落ちのことをいっている。

ツムギはあのときのことを思い出して、少し呆れた。おかげで、怖さがうすれる。

「だからといって、こんな騒ぎを起こすなんて……」

『ふふん』

鵺は鼻で笑う。鼻がどこにあるのかはわからないが。

『スーパーカーに乗りたい、女子アナと結婚したい、タワーマンションに住みたい、ハリウッド映画に出たい、キャバクラに行ってみたい』

大きな夢から小さな夢までって感じだが、話が俗っぽくなって、鵺がそんなに怖くないような気が、少しだけした。

「なんですか、それ？」

『そなたら、元弥の魂胆を尋ねたではないか。それに答えてやったまでよ』

「阿呆ですか」

思わず、顔をゆがめた。

『阿呆なのじゃ』

ぶお、ぶお、ぶお、と轟音を上げて風が吹く。

鵺の笑いだった。

だけど、次にいったのは、まったく聞き捨てならないことだった。

『元弥め、今頃は黒船の中でペリーと開国の条約を締結しておるところじゃ』

「えー！」

ツムギと舜助は、そろって頭のてっぺんから声を出した。

「なんで、そいつを早く教えてくれないんですかい！」

あわてて来た道を引き返そうとする舜助の帯の後ろをつかんで、引き留めた。

「元弥さんは島主になりたくないって、いってましたよ。なのに、開国してしまったら、元弥さんが島主にならなきゃいけないんじゃ？」

なにせ、元弥は開国派の旗頭なのだ。それを本人はいやがっていたのだ。

『あやつに、さような責任感があると思うのか？』

鵺はまた、ぶお、ぶお、ぶお、とせせら笑った。

『旗頭などと、それは周囲が勝手に決めたこと。きゃつの中では、開国なんぞ出奔の手段の一つにすぎぬ。つまり混乱を起こして、島の者たちが自分を追うことができなくなればよい、と思ったまで』

「そんなの、あんまり身勝手だよ」

ツムギは文句をいったが、鵺はクールなものである。

『さような者を島主候補にした、そなたらが悪い』

「別に、あたしたちが元弥さんを島主候補にしたんじゃないです。それは開国派の人たちの方針で――」

『知るか』

「でも、島主の血筋は、ほかにはこのツムギだけで……。鎖国を続けようという皆がツムギを推すなら、開国派は元弥を持ち上げるよりなかったんじゃないかな」

さっきの恐慌がおさまって、舜助が分別がましくいった。

鵺は馬鹿にしたように、ぶお、ぶお、笑う。

『血脈などという、頼りないものに縛られるそなたらが悪いのだ。その意味では、奇妙島でも改革は必要なのだよ』

改革。

ニュースなんかでよく聞くその言葉が、奇妙島の大妖怪から発せられようとは不思議な気がした。

ツムギが感心していると、かたわらで舜助がピラミッドを見上げて真剣に訊いた。

「開国することが、元弥坊ちゃんの逃げる手段の一つだってことは――。二つ目や三つ目もあるんですかい？」

『あるとも』

鵺はのどを鳴らす。

熱くてなまぐさい風が吹いた。

『元弥は先の駆け落ちで、インターネットなるものを知った』

あのときの宿泊先は、ホテルのスイートルームだった。

今時のホテルでは、Wi-Fiが使える。

そう思ったら、むくむくと胸騒ぎが込み上げてくる。

＊

最初に会ったときのように、舜助は小舟の櫂を漕いでいる。

しかし、このたび同乗しているのは、ツムギ一人だった。

あてもなく大海に漕ぎ出したように思えるが、舟はほどなく目的のものを見つけた。

いや、相手は幽霊船だ。

こちらの意図を察知して、その姿を現したのかもしれない。

幽霊船とは、サスケハナ号のことである。

巨大な黒い船体に横付けすると、甲板からはまた縄梯子がおろされた。

海賊船との闘いのさなかに一度これでよじ登っているから、今度は少しは慣れていた。それでも下を見ないようにと自分にいい聞かせ、口を真一文字に結んで上った。甲板に引っ張り上げられたときは、やっぱり四肢(しし)がばらばらのリズムで震えている。それほど苦労して会いに来たというのに、ペリー大佐から知らされたのはとんでもない事実であった。

すなわち——。

海賊との戦に巻き込まれても、元弥は死んでなどいなかった。いち早く脱出用のボートで海賊船を抜け出し、サスケハナ号を追ってきたのである。

その後のことは鵺の予言どおりだ。

元弥は、ペリー大佐との間で、奇妙島開国の条約に調印してしまったのだ。

「ペリーさん、なんてことを！」

サスケハナ号と奇妙島は、互いに友好関係、信頼関係があったのではないのか？

ペリー大佐は、お由良の統治の理解者ではなかったのか？

開国してしまったら、輪廻転生帖の生産・出荷という事業も継続できるか危ぶまれるのだ。そんな暴挙に、どうして手を貸したりするのか？

ツムギと舜助が口々になじると、ペリー大佐はうるさそうに顔のわきで手を振った。

「勘違いしてもらっては困る。わがはいは、東インド艦隊司令官なのだぞ」

「それが、どうかしたんですか？」

「日本を開国させるのが、わがはいの最大の務めなのだ」

「えー！」

そんな百六十年前のことを、まだいっているのか。ツムギは呆れて、駄々っ子のように「いや、いや」と体をゆすった。

しかし、ペリーは意に介す様子もない。

「いまだ鎖国が続く土地があり、そこに住む者に開国の意志があるならば、条約を締結するのがわがはいの役割だ」

つまり、どちらかというと、ペリーもまた開国派だったわけである。

ともあれ、ペリーの職責に文句をいっている場合ではなかった。

開国はなされた。

それも、阿呆な坊々（ぼんぼん）のわがままな動機のためにである。坊々は無事で、輪廻転生帖はいまだその手の中だ。

ペリー大佐は開国の片棒を担いだが、奇妙島の現体制に反意をもったわけではない。

＊

そのことを示すために、ツムギと舜助を浦島汽船まで送ってくれた。

元弥にとって開国はわが身の自由を獲得するための手段だったというが、ペリー大佐にとってもやはり百六十年以上前の習慣にすぎなかった。ツムギたちが輪廻転生帖の悪用をふせぐことに手を貸すことは、まったくもって吝(やぶさ)かではなかったのである。

ところが、目下の最大の問題である輪廻転生帖の悪用は、すでになされていた。

桟橋にサスケハナ号が着いたと同時に、社長と小沢さんが両手をばたばたさせ、大声で叫びながら駆けて来た。

「大変だ！」

「大変なのよ！」

「大変だ！」

「大変なのよ！」

あまりにも慌てていたため、二人はそれ以上のことがなかなかしゃべれない。

せた。

ペリー大佐が懐中からバーボンウィスキーの小瓶を出して、社長たちに無理に飲ませた。

「うまい……」

社長は憑き物が落ちたみたいに茫然と空を見つめ、そうつぶやく。

それから、何が起こってしまったのかを、洪水のようにほとばしる言葉で説明した。

それは、ひどく回りくどくて、ともすれば脱線と愚痴という横道にそれるのだが、要約すれば次のとおりのことだった。

輪廻転生帖がスキャンされ、電子データに加工され、インターネット上にアップロードされている。

「えー」

ツムギは頭を抱える。

意味がわからずきょとんとしている舜助に、身振り手振りで懸命に意味を伝えた。江戸時代と変わらない生活をしている人に、インターネットの仕組みから説明するのは、ひどく骨がおれることである。

「えー」

ようやくのこと、状況を理解した舜助はツムギと同じ反応をした。

「こともあろうに、浦島汽船のホームページに、そのデータへのリンクが張ってあるのよ」

小沢さんが、憤懣と当惑がないまぜになった顔でいう。

ツムギは、「んん？」と眉根を寄せた。

「ということは、新田さんが関係しているということですよね」

赤井局長に不都合な記憶を消されてからも、新田は浦島汽船のホームページ管理者として更新を担当している。

ツムギたち三人にはそのスキルがないためだが、悪意ある第三者に乗っ取られたのでもない限り、問題のデータに浦島汽船のサイトからリンクされているなら、新田がそのように更新したと考えるのが順当である。

「元弥さんが新田さんに頼んだってことですか？　いや、元弥さんが前に来たときにインターネットのことを知ったとしても、輪廻転生帖を電子データにしてウェブ上にあげるなんて発想はなくないですか？　だったら、新田さんの考えってことなんでしょうか？　でも、どうして二人が結びつくんです？」

「あの二人、ここで会っているのよ。ほら、坊々が駆け落ちして来たとき、新田さんが来たじゃない」

「あ」

ブログのバナーを見せに来たときのことだ。

元弥が、新田のタブレットを興味津々の目付きで見ていたのを、ツムギは思い出した。新田もまた、元弥たちの時代劇スタイルを注視していた。

(てことは)

インターネットに関する手助けをしたのは、新田だと考えてまちがいなさそうだ。

「ともかく、ネット上に上げたものを削除してもらわなくっちゃ」

ツムギは事務室の電話から新田の事務所に掛けてみたが、すぐに留守電に切り替わってしまった。その場に居て聞いている可能性を考えて「浦島汽船の庶務係です」と、留守電に向かって語りかけてみたが、反応はない。

「ここに居ても、埒があかないぞ」

社長が手提げ金庫から千円札を何枚かつかみ取った。けちんぼの社長にとって、お金をひとに渡すことは、身を切られるも同然なのに。

「タクシーで、新田くんの事務所に行ってみなさい」

「は、はい」

社長はツムギが運転免許を持っていないことに文句をいい、本来ならば自転車を使うべきだ、むかしの人は自転車でどこまでも行ったものだと教訓を垂れ始めた。

「平成、令和と時代が新しくなるにつれ、若い者はどんどん軟弱になって困る」

「わかった、わかった。さあ、行こうぜ」

タクシーが奇妙島でいう駕籠（かご）のようなものだと理解した舜助は、ツムギの背中を押して外に出る。

しかし、新田は留守だった。

フリーランスでさまざまな顧客の仕事を請け負っているのだから、仕事場に居ない方が多いのかもしれない。それでも、浦島汽船のホームページは一週間で仕上げたのだから、それは事務所にこもっての作業だったはずだ。

「悩んでたってしょうがないだろ」

「うん」

名刺の裏に書いてあった自宅に行ってみたが、留守だった。

携帯電話に掛けてみたが、やはり留守電につながるだけだった。

「で、輪廻転生帖は、そのインターメットとやらでどんな具合になってんだい？」

「インターネットね」

スマホで浦島汽船のウェブサイトを表示させる。

リンクページの最上部に、前に見たときにはなかったバナーが貼られていた。

——驚嘆、必見、輪廻転生帖。あなたの前世と来世がまるわかり〜！

なんて派手な煽り方をした、いささか品性に欠けるデザインのアニメGIFだ。

リンク先には、筆文字だが読みやすい楷書で、それぞれちがった人名と住所と簡単なプロフィールが、三行ずつの箇条書きになっている。一人の人間の前世、現世、来世、というわけだ。それが膨大な量で連なっていた。

「あ……」

スクロールして先を見ようとしたとき、突然に閲覧が不可能になる。当該のファイルが見つからないというエラーメッセージが表示された。

同時に電話が鳴った。

「はい」

スマホを耳に当てると、小沢さんの勢い込んだ声が響いた。

——例のファイルだけどね。境界エリア協会に圧力をかけてもらって、ゴリ押しで削除させたのよ！

小沢さんは興奮を隠しきれない調子で、ちょっと息切れまでしていた。

「え。じゃあ、問題は解決ですか？」

ツムギは思わず声のトーンが上がったのだが、小沢さんは反対に恨めしそうな低い声になる。

――そうは、問屋がおろさないらしいのよね。

「どういう……ことですか？」

――拡散ってヤツよ。元のデータが削除されたのに、無数にコピーされて拡散され続けているんだって。……よくわかんないけど。

「それは、マズイ」

通話を切ると、舜助に状況を説明した。

「確かに、これ以上ないくらいマズイな」

輪廻転生帖を見て、自分の寿命や、前世と来世を知ってしまった人が、パニックに陥るのはごく簡単に想像できた。前世でひどい犯罪を犯していたり、来世がものすごく不幸だったりしたら、だれだって絶望する。

そんな大変なことじゃなくても、だれとだれの間に子どもが生まれるのかが知られるだけで充分に一大事だ。恋愛関係も、人間関係も、めちゃくちゃになってしまう。おまけに、生まれてきた頑是（がんぜ）ない赤ん坊の未来や来世がわかってしまうのだ。こんな残酷なことは、ほかにあるだろうか。

「そもそもなんで、輪廻転生帖なんてややこしいものがあるのよ！」

ツムギが口をとがらせると、舜助は珍しく皮肉な笑い方をした。

「そもそも、おれたち人間そのものがややこしいもんね」

「あ。つながった……」

スマホを耳に当てて、ツムギがぼそりといった。ダメで元々と思ってダイヤルした新田が、電話に出たのだ。

――ああ、あの古文書みたいなヤツ？　うん。頼まれたとおり、全ページをスキャンして、ＰＤＦに加工してからアップロードしたよ。

新田が何でもないことのようにいうので――むしろ得意げにいうので、ツムギはカッとなった。

「どうして、そんなことをするんですか？　あの文書は――」

――わかってるよ。人間の前世と現世と来世が書いてあるんだよね。でも、どうせ、冗談でしょ。

「冗談って……」

そう思っているのなら、無理に知らせることもないだろうか。

迷って口ごもると、新田は耳障り(みみざわ)な声で笑った。

——っていうのは、冗談。

新田はさらに笑う。

——あれって、ホ・ン・モ・ノ、だよね。

ゆっくりと、かみ砕くようにいうのが、不気味だった。

——どうして、ネットにアップロードしたかって？　それは、面白いからに決まってるでしょ。

ツムギは、思わず頭に血がのぼった。

「どんなことになるか、わかってるんですか」

——ふん。

新田は感じ悪く鼻を鳴らした。

——それからね、ついさっき、きみたちの秘密も公開したから。ホームページを見てもらえるかな。

「え……」

ツムギが狼狽(うろた)えるうちに、通話は切れてしまう。

いやな予感がして、手が震えた。

何度もほかのリンク先をタップしそうになりながら、ようやく浦島汽船のホームページを表示させる。

「……っ！」

思わず絶句して口を覆い、スマホを取り落とした。

かたわらに居た舜助が、地面に落ちる寸前に受け止める。

ディスプレイには、ついさっき見た画面とは別のコンテンツが表示されていた。

真っ黒い背景に、サスケハナ号とペリー大佐の写真が貼られてある。いずれも少し手ブレしているのが、よけいにリアルさをかもしだしていた。

その下には、不吉な感じの赤い文字が連なっている。

浦島汽船がこの世とあの世を結ぶ心霊蒸気船の発着場所であること。

サスケハナ号はまぎれもなく幕末に来航した黒船のうちの一隻で、今も幽霊船となって海上を往来していること。

司令官は、あのペリー大佐であること。

彼もまた幽霊であること。

サスケハナ号は、死者のたましいをあの世に運んでいること。

バレてはいけないことが、あますところなくバレている。

「浦島汽船にもどろう」

ツムギは舜助の腕を引いて表通りまで出ると、タクシーをとめた。

新田の自宅まで来た時点で社長からあずかった軍資金は底をついていたから、自腹でタクシー代を払わなくてはならない。だけど、風雲急を告げる事態は、ツムギの財布の事情にまで斟酌（しんしゃく）することを許すものではない。

タクシーの後部座席におさまって浦島汽船に着く間、ツムギはトイレでも我慢しているみたいに細かく足踏みしていた。

運転手が気を使って「コンビニにでも寄りますか？」といってくれた。

「いいえ、いいえ、全然大丈夫」

慌てて足踏みをやめて作り笑いをしてみた。われながら、ウソくさい笑顔だ。

となりでは、舜助があたまをひざにうめるようにして、うずくまっている。

この世で一番悩んでいる人みたいなポーズだ。

「あ、また赤信号だ。ごめんね、ごめんね」

ただならぬ空気を察した運転手は、急いでくれるのだが、こんなときに限って道が混んでいる。加えて、交差点ではもれなく赤信号に捕まった。

体感時間では何時間も過ぎたみたいに思えたが、到着した浦島汽船では本当に何時間も過ぎたみたいな光景が展開していた。

（浦島だけに……）

浦島太郎の玉手箱のごとし、だ。

浦島汽船には、新田がアップロードしたばかりの極秘情報を見た人が、すでに詰めかけ始めていたのだ。

社長と小沢さんは、社屋の外に出ていた。気色ばんだ人たちに質問攻めにあって、右往左往している。

小沢さんは顔が般若みたいに引きつり、社長はネクタイが曲がって髪の毛がぼさぼさだ。二人のこんな様子は、今まで見たことがない。

「ツムギ。サスケハナ号が来てるぞ」

埠頭の方から、蒸気船が鳴らす霧笛が聞こえた。

「社長！　小沢さん！」

ツムギはつり銭ももらわずにタクシーを飛び出すと、「かごめかごめ」の鬼みたいな立場に追い詰められている社長たちの腕を左右の手でつかんだ。

「こっちです。こっち、こっち――」

海の方に向かって走り出す。

「何をするのだ、ツムギくん。身投げでもする気なのかね」

「そんなわけない」

桟橋には、サスケハナ号が黒い船体を横付けしていた。

あの手ブレ写真と同じ三本マストと塔みたいな煙突をそびえさせた船が、泰然としてそこにあるのである。

あふれる質問と好奇心と恐怖を抱えた人々にとって、それは百聞は一見に如かず――すぎて、度肝をぬかれてしまったようだ。

「今だよ、さあ！」

舜助が社長たちの背中を押してタラップを駆け上る。

船は暗雲のような煙を吐き、此岸の人たちを置き去りにして海原に消えた。

＊

奇妙島の船着き場では、赤殿中がいらいらと尻尾を左右に振って待っていた。

「これから、どうするのだ？」

社長が不安そうに訊く。

このまま、浦島汽船の三人は、奇妙島に亡命することになるのか。

しかし、秘密を暴露されてしまった以上、奇妙島の存在が白日のもとにさらされるのも時間の問題だ。

「それよりも、輪廻転生帖のコピーは今もインターネット上で増殖を続けているだろう。それだけではない。境界エリアの秘密が世の中に知られた今、わたしの立場はどうなるのだ。いや、この世界はどうなってしまうのだ。それも、これも、ツムギくん、きみのせいだぞ」

「え？　なんで、ですか？」

「わたしが命じたとおり、きみがわが社のホームページを作っていたら、こんなことにはならなかったのだ」

「だったら、社長が自分で作ったらよかったのよ」

小沢さんがいらいらといい放ち、社長は憤慨して丸い目をさらに丸く見開く。

「早く、鵺のところに行こうヨ！」

赤殿中がツムギの腕に飛び乗り、大人たちの争いを封じるような大声を出した。

「ぬ……鵺……」

社長が、ぎょっとしたように黙り込んだ。

＊

常夜ヶ森は、じっとりと濃い植物の香に満ちて、社長は一歩ごとに「帰る」「やっぱり、わたしは帰る」と繰り返した。

それが聞こえなくなったのは、突然に開けた闇の広場に、あの骨のピラミッドが出現したときである。

社長はツムギの背中に隠れ、小沢さんは念仏とか祝詞（のりと）とか家内安全とか大願成就とか、思いつく限りのお祈りの文句をつぶやきだす。

赤殿中を抱いたツムギは、舜助とならんで、ピラミッドを見上げた。今日は二度目になるので、前よりは落ち着いていられる。

「あの、すみません。これから、どうしたらいいんでしょうか」

ツムギがピラミッドのてっぺんに向かって声を張り上げた。

鵺はぶお、ぶお、ぶおと空気をとどろかせる。

『簡単なことだ。秘密を知った者、すべての命を奪うがよい』

「あわわ……」

四人と一匹は、うろたえた。

「そんなこと、だめですよ」

『ならば、そこなタヌキに化かしてもらえ』

鵺はまた、ぶお、ぶお、ぶおと笑う。

ツムギの腕の中で、赤殿中がしゅっと細くなった。

「おいらには、そんなこと無理だヨォ」

赤殿中は小さな両手で頭をかかえる。

ツムギが案じて、闇にかすむピラミッドの頂上を再び見上げたとき、赤殿中はちょこんと両手をあわせた。柏手を打ったらしい。

「あのネ、四国八百狸（しこくはっぴゃくだぬき）ならできるかもヨ？」

「そ――その方々に、何とかしてもらいなさい。は――早くだよ、早く」

社長が、急き込ん（せ）でいう。

ぶお、ぶお、ぶお。

蒸気船を思わせる鵺の咆哮（ほうこう）が、黒い森を震わせた。

13　奇妙島マジック、そして未来

島主本家の墓は、街にもほど近い、海に面した丘の中腹にある。あわい海風のむこうに、入道雲が浮かんでいた。

墓石の上にカモメがとまって、こちらを見ている。ツムギと舜助と赤殿中が、お供え物のおさがりであるスイカを食べているのが、気になるらしい。赤殿中がプププププッと種を飛ばすのを、さっきからずっと小さな双眸で凝視していた。

舜助が懐中からスルメを出して、投げてやった。カモメは甲高く鳴いて、空中でスルメを受け取る。「まったく、待ちかねたよ」とでもいいたげに、それからすぐに飛び去った。

「これで、おふくろさんたちも一安心だな」

舜助がいった。

「うん」

ツムギの両親の納骨を済ませ、お由良たちはさっき帰ったところだ。

「それにしても、いっぱい来たよな」

「うん」

浦島市での葬儀に参列できなかったためか、納骨には百人近い親類縁者が集まった。ゆったりと空間を使った墓地だが、人でぎゅうぎゅうになった。お由木も来た。どういう面の皮の厚さなのか、元弥まで顔を出した。元弥があまりに素知らぬ風なので、関係者一同、文句もいえなかったのだった。

「この島の人たちは、人を罰するのに慣れていないんだね。いつも、大妖怪が罰を当てるから」

「だな」

これから元弥にどんな罰が当たるのか、想像したら怖くなる。生まれてこの方、自己中心のかたまりである元弥だけは、自分に罰なんか当たりっこないと思っているみたいだ。和尚の読経が済むと、『東京レレレのレ』を鼻歌で歌いながら、スキップして街への道を下りて行ったのだった。

眼下の海を、サスケハナ号がすべるように進んでゆく。

舜助は皆が帰って行った小道を、ぼんやりと眺めた。

「ほんと、タヌキに化かされたよな」

浦島汽船の秘密が暴露されたこと、輪廻転生帖がネット上で拡散されたことは、四国八百狸が人海戦術……いや獣海戦術で解決してくれた。

具体的にどんなことをしたかというと、秘密を知った者たち全員に、肥溜め(こえだ)に落ちる夢を見させて、目覚めたときはショックで記憶が消えるなどという目に遭わせた。肥溜めの何たるかを知らない現代人にとってさえ、それはあまりにも悲惨な夢体験であったのだ。

拡散した輪廻転生帖は、やはりタヌキたちが、せっせと削除した。窮鼠(きゆうそ)というネズミの妖怪が、鼠算のようにわんさと駆けつけて手伝ったともいわれている。

「あんた、新田さんに何をしたの？」

「ウフフ」

赤殿中は、またプププププッとスイカの種を飛ばした。自分の活躍のことを思い出してもらって、ご満悦の様子だ。来年になったら、この辺りにスイカ畑が出現するかもしれない。

「赤殿中がどうかしたのかい？」

スイカを食べ終えた舜助は、今度は大福をほおばり出す。

「まだ食べるの？」

ツムギが呆れたようにいった。

「甘い物は果物の後に食べなきゃな。先に甘いものを食べると、果物の味がしなくなるんだ」

舜助は真面目な顔でそんなことをいっている。

「それより、この子ね、新田さんにバチを当てたんだよ」

新田は赤殿中に化かされて、ずいぶん恐ろしい目に遭ったらしい。

「ねえ、どんなふうに化かしたの？」

「どってことないヨ。幽体離脱して、常夜ヶ森で青坊主とデートするとかサ」

「そいつは、かんべんしてくれえ」

舜助は吹き出している。

恐怖体験の後、新田はどういう理屈なのかはわからないが、自分には霊感があると思い込んだ。

その結果、仕事を放り出して、趣味にいっそうのめり込むようになった。

元から都市伝説の舞台となった怪しげな場所を訪ねるのを楽しみにしていたのが、今ではよりディープな心霊スポットを求め歩いている。

「悪党に祟るなんざ、赤殿中も大妖怪の仲間入りかい？」

「よせやイ、照れるヨゥ」

赤殿中は腹をポコポコと叩く。

本物の大妖怪に懲らしめられたのは、町医の田浦玄庵である。

ツムギを殺めようとした罪で、玄庵は鵺に祟られた。無垢だった赤ん坊にもどされ、憂き世を、最初から生き直すことになったのだ。

「鵺にしては、甘いネ。それって、若返っただけだヨネ」

「まあ、いいような、悪いような、だよな」

年は若くても充分に苦労人である舜助は、その苦労を繰り返すことを想像したのか、複雑な顔をして肩をすくめる。

元弥は、跡継ぎ候補から外された。

ツムギもまた、辞退した。

「お由良伯母さんと三五兵衛は、どうなったんだイ？」

「あの二人は、頑固者だからな。一筋縄じゃいかねえんだ」

「まさか、まだ意地を張ってるの？」

「そのまさかだよ」

いない。

青坊主の画策も空しく、ツムギの苦労も空しく、お由良と三五兵衛は結婚などしていない。

「伯母さんが島主をしていた長い時間は、三五兵衛さんに対する愛情を信頼に変えてしまったのかもね」

「おれの親父の気持ちは、むかしっから忠義一徹だしな。そこは変わんねえんだ」

「でもヤバくないかイ？　島主の跡継ぎ問題は、前より深刻になったヨ？」

「それは、大丈夫なの。ね？」

ツムギは、舜助の肩をドシンと押した。

舜助は食べようとしていた二個目のだいふくを地面に落として、絶望的な声を上げる。急いで拾い上げ、土ぼこりを払うとかぶりついてしまった。

「あーあ。落としたもの食べちゃ駄目じゃん。島主の跡取りなんだから、もっと行儀よくしなくちゃ」

お由良は、舜助を養子に迎えて、自分の跡継ぎにした。

加えて、元弥による条約調印には、思わぬ落ちがついた。

サスケハナ号の船尾室に天狗が出現し、大切な条約文書をボールペンのキャップの先で、キュッキュッとこすっていたというのである。

「それは、怪談なのかイ？」

「いや、そうじゃないんだ」

舜助が笑いだす。

「元弥坊ちゃんが、条約を結ぶときに使ったお気に入りの筆記具っていうのが——」

消せるボールペンだった。

「あー！」

ツムギは口をあんぐり開けて、頓狂な声を出した。

浦島汽船に逃げてきた駆け落ち以来、元弥は消せるボールペンがいたくお気に入りだった。クロスワードパズルをするときに、とても便利だからだ。

天狗は大妖怪だから、そんなことはお見通しだった。そこで、元弥の署名した部分をこすって文字を消してしまったのである。

「大妖怪にしては、姑息なことを」

ツムギは呆れた。

このようにして、奇妙島には百六十年前と変わらない平穏がもどった。輪廻転生帖を作るデータは極楽浄土からもたらされ、島では時代劇みたいな日常が続いている。

それでも、変わったこともある。

奇妙島と浦島汽船を結ぶ定期便が出ることとなった。

船は、もちろんサスケハナ号だ。

条約をうやむやにされたペリーが、少しでも開国っぽいことをしようと、半ば意地になって敢行した。実際には、サスケハナ号の仕事が増えるだけだから、ペリーが貧乏くじを引いたようにも見える。しかし、海賊船を沈めて周辺の海が急に平穏になってしまったため、蒸気船の乗組員一同は暇でしょうがなかったらしいのだ。

蒸気船で出掛ける奇妙島の人たちは、アフロのカツラをかぶり、洋服で変装して、向こう岸で爆買いなどしている。

奇妙島には登天郵便局のＡＴＭが設置され、島の人たちは功徳通帳に記帳するのを楽しみにしているそうだ。

「おれ、スマホ買ったんだ」

舜助は帯の間から、最新型のスマートフォンを出してみせた。ストラップの代わりに木彫りのタヌキの根付けが結んである。スマホを帯に挟んで根付けを垂らすのが、島の老若男女の流行になりつつあるようだ。

このハイテクな機器を取り扱っているのは、現世（うつしょ）の携帯電話会社ではなく、浦島汽船や登天郵便局のような境界エリアを市場とする企業なのだとか。

ツムギは両親の安住の地となった、立派な墓碑を振り返った。「将軍さまにも負けない立派なお墓」といった三五兵衛の言葉は、ちょっとばかり大袈裟で、それでも大人物の眠る史跡みたいに大きくて格好の良い五輪塔が建っている。お由良が妹夫婦のために、石工に頼んで新しく建てた墓だった。

ツムギの脳裏に、パジャマのままで居間でごろごろしておならをする父と、小田和正の歌を聴いてうっとりしている母の姿が浮かんだ。ひょっとしたら、母が小田さんのファンだから、父はやきもちを焼いていたのかな。

（おとうさん、いまごろスカンクに生まれ変わってたら、やだな）

「おまえは、これからどうするの？」

舜助に訊かれ、ツムギは顔を上げた。

「どうもしないよ。これからもずっと、今までどおり」

ツムギは浦島汽船の庶務担当として、忙しく働いている。

本書は文庫書下ろしです。

|著者| 堀川アサコ　1964年青森県生まれ。2006年『闇鏡』で第18回日本ファンタジーノベル大賞優秀賞を受賞してデビュー。『幻想郵便局』、『幻想映画館』(『幻想電氣館』を改題)、『幻想日記店』(『日記堂ファンタジー』を大幅改稿の上、改題)、『幻想探偵社』、『幻想温泉郷』、『幻想短編集』、『幻想寝台車』、『幻想蒸気船』(本書)の「幻想シリーズ」、『大奥の座敷童子』、『芳一』、『月夜彦』、『魔法使ひ』(以上、講談社文庫)で人気を博す。他の著書に「たましくるシリーズ」(新潮文庫)、「予言村シリーズ」(文春文庫)、「竜宮電車シリーズ」(徳間文庫)、『おせっかい屋のお鈴さん』、『オリンピックがやってきた 猫とカラーテレビと卵焼き』(ともに角川文庫)、『小さいおじさん』(新潮文庫nex) など多数。

幻想蒸気船（げんそうじょうきせん）

堀川（ほりかわ）アサコ

© Asako Horikawa 2020

定価はカバーに表示してあります

2020年4月15日第1刷発行

発行者――渡瀬昌彦
発行所――株式会社　講談社
東京都文京区音羽2-12-21　〒112-8001
電話 出版 (03) 5395-3510
販売 (03) 5395-5817
業務 (03) 5395-3615

Printed in Japan

デザイン―菊地信義
本文データ制作―講談社デジタル製作
印刷―――豊国印刷株式会社
製本―――株式会社国宝社

落丁本・乱丁本は購入書店名を明記のうえ、小社業務あてにお送りください。送料は小社負担にてお取替えします。なお、この本の内容についてのお問い合わせは講談社文庫あてにお願いいたします。

本書のコピー、スキャン、デジタル化等の無断複製は著作権法上での例外を除き禁じられています。本書を代行業者等の第三者に依頼してスキャンやデジタル化することはたとえ個人や家庭内の利用でも著作権法違反です。

ISBN978-4-06-519136-1

講談社文庫刊行の辞

二十一世紀の到来を目睫に望みながら、われわれはいま、人類史上かつて例を見ない巨大な転換期をむかえようとしている。

世界も、日本も、激動の予兆に対する期待とおののきを内に蔵して、未知の時代に歩み入ろうとしている。このときにあたり、創業の人野間清治の「ナショナル・エデュケイター」への志を現代に甦らせようと意図して、われわれはここに古今の文芸作品はいうまでもなく、ひろく人文・社会・自然の諸科学から東西の名著を網羅する、新しい綜合文庫の発刊を決意した。

激動の転換期はまた断絶の時代である。われわれは戦後二十五年間の出版文化のありかたへの深い反省をこめて、この断絶の時代にあえて人間的な持続を求めようとする。いたずらに浮薄な商業主義のあだ花を追い求めることなく、長期にわたって良書に生命をあたえようとつとめるところにしか、今後の出版文化の真の繁栄はあり得ないと信じるからである。

同時にわれわれはこの綜合文庫の刊行を通じて、人文・社会・自然の諸科学が、結局人間の学にほかならないことを立証しようと願っている。かつて知識とは、「汝自身を知る」ことにつきていた。現代社会の瑣末な情報の氾濫のなかから、力強い知識の源泉を掘り起し、技術文明のただなかに、生きた人間の姿を復活させること。それこそわれわれの切なる希求である。

われわれは権威に盲従せず、俗流に媚びることなく、渾然一体となって日本の「草の根」をかたちづくる若く新しい世代の人々に、心をこめてこの新しい綜合文庫をおくり届けたい。それは知識の泉であるとともに感受性のふるさとであり、もっとも有機的に組織され、社会に開かれた万人のための大学をめざしている。大方の支援と協力を衷心より切望してやまない。

一九七一年七月

野間省一

講談社文庫 最新刊

門井慶喜　銀河鉄道の父
宮沢賢治の生涯を父の視線から活写した、究極の親子愛を描いた傑作。直木賞受賞作。

西尾維新　新本格魔法少女りすか
小学生らしからぬ小学生の供犠創貴(くぎきずたか)と、『赤き魔女』水倉(みずくら)りすかによる、縦横無尽の冒険譚！

江上剛　参謀のホテル〈ラストチャンス〉
老舗ホテルの立て直しは日本のプライドの再生だ！　再生請負人樫村が挑む東京ホテル戦争。

風野真知雄　潜入　味見方同心(二)〈陰膳(かげぜん)だらけの宴〉
将軍暗殺の動きは本当なのか？　魚之進は城内潜入を敢然と試みる！〈文庫書下ろし〉

大沢在昌　鏡の顔〈傑作ハードボイルド小説集〉
『新宿鮫』の鮫島、佐久間公、ジョーカーが勢揃い！　著者の世界を堪能できる短編集。

堀川アサコ　幻想蒸気船
浦島湾の沖、人知れず今も「鎖国」する島があるという。大人気シリーズ。〈文庫書下ろし〉

川内有緒　晴れたら空に骨まいて
弔(とむら)いとは、人生とは？　別れの形は自由がいい。生と死を深く見つめるノンフィクション。

佐藤究　サージウスの死神
ルーレットに溺れていく男の、疾走と狂気。乱歩賞作家・佐藤究のルーツがここにある！

下村敦史　緑の窓口〈樹木トラブル解決します〉
樹木に関するトラブル解決のため、美人樹木医が謎に挑む！　注目の乱歩賞作家の新境地。

千野隆司　大酒(おおざけ)の合戦〈下り酒一番(四)〉
卯吉の案で大酒飲み競争の開催が決まるも、様々な者の思惑が入り乱れ!?〈文庫書下ろし〉

講談社文庫 最新刊

本城雅人
去り際のアーチ〈もう一打席！〉
退場からが、人生だ。球界に集う愛すべき面々の、心あたたまる8つの逆転ストーリー！

中村ふみ
天空の翼 地上の星
天から玉を授かったまま、国を追われた元王子が再び故国へ。傑作中華ファンタジー開幕！

はあちゅう
通りすがりのあなた
恋人とも友達とも呼ぶことができない、微妙な関係を精緻に描く。初めての短編小説集。

若菜晃子
東京甘味食堂
あんみつ、おしるこ、おいなりさん。懐かしくてやさしいお店をめぐる街歩きエッセイ。

大沢在昌 藤田宜永 堂場瞬一 井上夢人 今野敏 月村了衛 東山彰良
激動 東京五輪1964
昭和39年の東京を舞台に、ミステリー最先端を活躍する七人が魅せる究極のアンソロジー。

日本推理作家協会 編
ベスト6ミステリーズ2016
日本推理作家協会賞受賞作、薬丸岳「黄昏」を含む、短編推理小説のベストオブベスト！

さいとう・たかを 戸川猪佐武 原作
歴史劇画 **大宰相**〈第六巻 三木武夫の挑戦〉
「今太閤」田中角栄退陣のあと、後継に指名されたのは弱小派閥の領袖・三木だった。党内には反発の嵐が渦巻く。

トーベ・ヤンソン(絵)
ムーミン ノート
ムーミンがいっぱいの文庫版ノート。日記をつけたり、映画の感想を書いたり、楽しんでネ！

ニョロニョロ ノート
隠れた人気者、ニョロニョロがたくさんの文庫版ノート。展覧会や旅行にも持っていって。

講談社文芸文庫 

加藤典洋
テクストから遠く離れて
解説＝高橋源一郎　年譜＝著者、編集部

ポストモダン批評を再検証し、大江健三郎、高橋源一郎、村上春樹ら同時代小説の読解を通して来るべき批評の方法論を開示する。急逝した著者の文芸批評の主著。

かP5
978-4-06-519279-5

平沢計七
一人と千三百人／二人の中尉
平沢計七先駆作品集
解説＝大和田茂　年譜＝大和田茂

関東大震災の混乱のなか亀戸事件で惨殺された若き労働運動家は、瑞々しくも鮮烈な先駆的文芸作品を遺していた。知られざる作家、再発見。

ひJ1
978-4-06-518803-3

松岡圭祐　水鏡推理
松岡圭祐　水鏡推理II〈インパクトファクター〉
松岡圭祐　水鏡推理III〈パレイドリア・フェイス〉
松岡圭祐　水鏡推理IV〈アノマリー〉
松岡圭祐　水鏡推理V〈ニュークリアフュージョン〉
松岡圭祐　水鏡推理VI〈クロノスタシス〉
松岡圭祐　探偵の鑑定I
松岡圭祐　探偵の鑑定II
松岡圭祐　万能鑑定士Qの最終巻〈ムンクの〈叫び〉〉
松岡圭祐　黄砂の籠城(上)(下)
松岡圭祐　シャーロック・ホームズ対伊藤博文
松岡圭祐　八月十五日に吹く風
松岡圭祐　生きている理由
松岡圭祐　黄砂の進撃
松岡圭祐　瑕疵借り
松原　始　カラスの教科書
益田ミリ　五年前の忘れ物
益田ミリ　お茶の時間
マキタスポーツ　一億総ツッコミ時代〈決定版〉

丸山ゴンザレス　ダークツーリスト〈世界の混沌を歩く〉
三島由紀夫／TBSヴィンテージクラシックス 編　告白　三島由紀夫未公開インタビュー
三浦綾子　ひつじが丘
三浦綾子　岩に立つ
三浦綾子　青い棘
三浦綾子　イエス・キリストの生涯
三浦綾子　愛すること信ずること
三浦明博　滅びのモノクローム
三浦明博　五郎丸の生涯
宮尾登美子　新装版天璋院篤姫(上)(下)
宮尾登美子　新装版　一絃の琴
宮尾登美子　東福門院和子の涙(上)(下)〈レジェンド歴史時代小説〉
皆川博子　クロコダイル路地
宮本　輝　ひとたびはポプラに臥す 1〜6
宮本　輝　骸骨ビルの庭(上)(下)
宮本　輝　新装版二十歳の火影
宮本　輝　新装版命の器
宮本　輝　新装版避暑地の猫
宮本　輝　新装版　ここに地終わり 海始まる(上)(下)

宮本　輝　新装版　花の降る午後(上)(下)
宮本　輝　新装版　オレンジの壺(上)(下)
宮本　輝　にぎやかな天地(上)(下)
宮本　輝　新装版　朝の歓び(上)(下)
宮城谷昌光　俠骨記
宮城谷昌光　夏姫春秋(上)(下)
宮城谷昌光　花の歳月
宮城谷昌光　重耳(全三冊)
宮城谷昌光　介子推
宮城谷昌光　孟嘗君　全五冊
宮城谷昌光　春秋の名君
宮城谷昌光　子産(上)(下)
宮城谷昌光　湖底の城〈呉越春秋〉一
宮城谷昌光　湖底の城〈呉越春秋〉二
宮城谷昌光　湖底の城〈呉越春秋〉三
宮城谷昌光　湖底の城〈呉越春秋〉四
宮城谷昌光　湖底の城〈呉越春秋〉五
宮城谷昌光　湖底の城〈呉越春秋〉六
宮城谷昌光　湖底の城〈呉越春秋〉七

宮城谷昌光　湖底の城〈呉越春秋〉八
水木しげる　コミック昭和史1〈関東大震災～満州事変〉
水木しげる　コミック昭和史2〈満州事変～日中全面戦争〉
水木しげる　コミック昭和史3〈日中全面戦争～太平洋戦争開始〉
水木しげる　コミック昭和史4〈太平洋戦争前半〉
水木しげる　コミック昭和史5〈太平洋戦争後半〉
水木しげる　コミック昭和史6〈終戦から朝鮮戦争〉
水木しげる　コミック昭和史7〈講和から復興〉
水木しげる　コミック昭和史8〈高度成長以降〉
水木しげる　総員玉砕せよ！
水木しげる　敗走記
水木しげる　白い旗
水木しげる　姑娘
水木しげる　決定版 日本妖怪大全〈妖怪・あの世・神様〉
水木しげる　ほんまにオレはアホやろか
宮部みゆき　ステップファザー・ステップ
宮部みゆき　新装版 震える岩〈霊験お初捕物控〉
宮部みゆき　新装版 天狗風〈霊験お初捕物控〉
宮部みゆき　ICO―霧の城―(上)(下)
宮部みゆき　ぼんくら(上)(下)
宮部みゆき　新装版 日暮らし(上)(下)
宮部みゆき　おまえさん(上)(下)
宮部みゆき　小暮写眞館(上)(下)
宮子あずさ　看護婦が見つめた人間が死ぬということ
宮子あずさ　看護婦が見つめた人間が病むということ
宮子あずさ　ナースコール
宮本昌孝　家康、死す(上)(下)
三津田信三　忌館〈ホラー作家の棲む家〉
三津田信三　作者不詳〈ミステリ作家の読む本〉(上)(下)
三津田信三　蛇棺葬
三津田信三　百蛇堂〈怪談作家の語る話〉
三津田信三　厭魅の如き憑くもの
三津田信三　凶鳥の如き忌むもの
三津田信三　首無の如き祟るもの
三津田信三　山魔の如き嗤うもの
三津田信三　水魑の如き沈むもの
三津田信三　密室の如き籠るもの
三津田信三　生霊の如き重るもの
三津田信三　幽女の如き怨むもの
三津田信三　シェルター 終末の殺人
三津田信三　ついてくるもの
三津田信三　誰かの家
宮田珠己　ふしぎ盆栽ホンノンボ
道尾秀介　カラスの親指〈by rule of CROW's thumb〉
道尾秀介　水の柩
深木章子　鬼畜の家
深木章子　螺旋の底
湊かなえ　リバース
宮内悠介　彼女がエスパーだったころ
宮乃崎桜子　綺羅の皇女(1)
宮乃崎桜子　綺羅の皇女(2)
村上龍　海の向こうで戦争が始まる
村上龍　走れ！タカハシ
村上龍　愛と幻想のファシズム(上)(下)
村上龍　音楽の海岸
村上龍　村上龍料理小説集
村上龍　村上龍映画小説集

講談社文庫　目録

講談社文庫　目録

森　博嗣　的を射る言葉〈Gathering the Pointed Wits〉
森　博嗣　DOG&DOLL
諸田玲子　其の一日
諸田玲子　森家の討ち入り
森　達也　「自分の子どもが殺されても同じことが言えるのか」と叫ぶ人に訊きたい
森　達也　すべての戦争は自衛から始まる
本谷有希子　腑抜けども、悲しみの愛を見せろ
本谷有希子　江利子と絶対〈本谷有希子文学大全集〉
本谷有希子　あの子の考えることは変
本谷有希子　嵐のピクニック
本谷有希子　自分を好きになる方法
本谷有希子　異類婚姻譚
茂木健一郎　「赤毛のアン」に学ぶ幸福になる方法
茂木健一郎　東京藝大物語
茂木健一郎 with ダイアログ・イン・ザ・ダーク　まっくらな中での対話
森川智喜　キャットフード
森川智喜　スノーホワイト
森川智喜　一つ屋根の下の探偵たち
森　晶麿　ホテルモーリスの危険なおもてなし

森　晶麿　恋路ヶ島サービスエリアとその夜の獣たち
森　晶麿　M博士の比類なき実験
森林原人　セックス幸福論〈偏差値78のAV男優が考える〉
桃戸ハル編・著　5分後に意外な結末〈ベスト・セレクション〉
山岡荘八　新装版　小説太平洋戦争　全6巻
山田風太郎　甲賀忍法帖〈山田風太郎忍法帖①〉
山田風太郎　伊賀忍法帖〈山田風太郎忍法帖③〉
山田風太郎　忍法八犬伝〈山田風太郎忍法帖④〉
山田風太郎　魔界転生（上）（下）〈山田風太郎忍法帖⑥⑦〉
山田風太郎　風来忍法帖〈山田風太郎忍法帖⑪〉
山田風太郎　新装版戦中派不戦日記
山田正紀　大江戸ミッション・インポッシブル〈顔役を消せ〉
山田正紀　大江戸ミッション・インポッシブル〈幽霊船を奪え〉
山田詠美　晩年の子供
山田詠美　A2Z
山田詠美　ジェントルマン
山田詠美　珠玉の短編
柳家小三治　ま・く・ら
柳家小三治　もひとつま・く・ら

柳家小三治　バ・イ・ク
山口雅也　垂里冴子のお見合いと推理
山本一力　深川黄表紙掛取り帖
山本一力　牡丹酒〈深川黄表紙掛取り帖㈡〉
山本一力　ジョン・マン1　波濤編
山本一力　ジョン・マン2　大洋編
山本一力　ジョン・マン3　望郷編
山本一力　ジョン・マン4　青雲編
山本一力　ジョン・マン5　立志編
椰月美智子　十二歳
椰月美智子　しずかな日々
椰月美智子　ガミガミ女とスーダラ男
椰月美智子　恋愛小説
椰月美智子　メイクアップ デイズ
柳　広司　キング&クイーン
柳　広司　怪談
柳　広司　ナイト&シャドウ
柳　広司　幻影城市
薬丸　岳　天使のナイフ

薬丸　岳　闇の底
薬丸　岳　虚　夢
薬丸　岳　刑事のまなざし
薬丸　岳　逃　走
薬丸　岳　ハードラック
薬丸　岳　その鏡は嘘をつく
薬丸　岳　刑事の約束
薬丸　岳　Aではない君と
薬丸　岳　ガーディアン
薬丸　岳　刑事の怒り
矢野龍王　箱の中の天国と地獄
山崎ナオコーラ　論理と感性は相反しない
山崎ナオコーラ　可愛い世の中
山田芳裕　へうげもの　一服
山田芳裕　へうげもの　二服
山田芳裕　へうげもの　三服
山田芳裕　へうげもの　四服
山田芳裕　へうげもの　五服
山田芳裕　へうげもの　六服

山田芳裕　へうげもの　七服
山田芳裕　へうげもの　八服
山田芳裕　へうげもの　九服
山田芳裕　へうげもの　十服
山田芳裕　へうげもの　十一服
山田芳裕　へうげもの　十二服
矢月秀作　ACT（アクト）〈警視庁特別潜入捜査班〉
矢月秀作　ACT（アクト）2　告発者〈警視庁特別潜入捜査班〉
矢月秀作　ACT（アクト）3　掠奪〈警視庁特別潜入捜査班〉
矢野　隆　清正を破った男
山本　弘　僕の光輝く世界
山内マリコ　かわいい結婚
山本周五郎　さ　ぶ〈山本周五郎コレクション〉
山本周五郎　白石城死守〈山本周五郎コレクション〉
山本周五郎　完全版　日本婦道記(上)(下)〈山本周五郎コレクション〉
山本周五郎　戦国武士道物語　死処（しにしょ）〈山本周五郎コレクション〉
山本周五郎　戦国物語　信長と家康〈山本周五郎コレクション〉
山本周五郎　幕末物語　失蝶記〈山本周五郎コレクション〉
山本周五郎　逃亡記　時代ミステリ傑作選〈山本周五郎コレクション〉

山本周五郎　家族物語　おもかげ抄〈山本周五郎コレクション〉
山本周五郎　繁（しげ）あね〈美しい女たちの物語〉
山本周五郎　雨あがる〈映画化作品集〉
柳田理科雄　スター・ウォーズ　空想科学読本
柳田理科雄　MARVEL　マーベル空想科学読本
矢野　隆　我が名は秀秋
矢野　隆　戦（いくさ）始末
靖子靖史　空（くう）色（しき）カンバス〈瑞空寺凸凹縁起（ずいくうじでこぼこえんぎ）〉
夢枕　獏　大江戸釣客伝(上)(下)
唯川　恵　雨　心　中
行成　薫　ヒーローの選択
行成　薫　バイバイ・バディ
吉村　昭　私の好きな悪い癖
吉村　昭　吉村昭の平家物語
吉村　昭　暁の旅人
吉村　昭　新装版　白い航跡(上)(下)
吉村　昭　新装版　海も暮れきる
吉村　昭　新装版　間宮林蔵
吉村　昭　新装版　赤い人

吉村　昭　新装版 落日の宴(上)(下)
吉村　昭　白い遠景
吉田ルイ子　ハーレムの熱い日々
吉川英明　新装版 父 吉川英治
吉村葉子　お金がなくても平気なフランス人 お金があっても不安な日本人
米原万里　ロシアは今日も荒れ模様
横山秀夫　半落ち
横山秀夫　出口のない海
吉田修一　日曜日たち
吉本隆明　真贋
吉本隆明　フランシス子へ
横関　大　再会
横関　大　グッバイ・ヒーロー
横関　大　チェインギャングは忘れない
横関　大　沈黙のエール
横関　大　ルパンの娘
横関　大　スマイルメイカー
横関　大　K2〈池袋署刑事課 神崎・黒木〉
横関　大　ルパンの帰還
横関　大　ホームズの娘
吉川永青　誉れの赤
吉川永青　裏関ヶ原
吉川永青　化け札
吉川永青　治部の礎(いしずえ)
好村兼一　兜割源三郎〈玄治店密命始末〉
吉村龍一　光る牙
吉村龍一　隠された牙〈森林保護官 樋口孝也の事件簿〉
吉川トリコ　ぶらりぶらこの恋
吉川トリコ　ミドリのミ
吉川英梨　波動〈新東京水上警察〉
吉川英梨　烈渦〈新東京水上警察〉
吉川英梨　朽(く)海(かい)の城〈新東京水上警察〉
吉川英梨　海底の道化師〈新東京水上警察〉
薬丸岳／竹吉優輔／高野文緒／横関大／遠藤武文／翔田寛　デッド・オア・アライヴ
隆　慶一郎　花と火の帝(上)(下)
隆　慶一郎　時代小説の愉しみ
隆　慶一郎　新装版 柳生刺客状
隆　慶一郎　見知らぬ海へ〈レジェンド歴史時代小説〉
梨　沙　華(はな)鬼(おに)
梨　沙　華鬼 2
梨　沙　華鬼 3
梨　沙　華鬼 4
リレーミステリー　宮辻薬東宮
連城三紀彦　女王(上)(下)
連城三紀彦 著 綾辻行人／伊坂幸太郎／小野不由美／米澤穂信 編　連城三紀彦 レジェンド〈傑作ミステリー集〉
連城三紀彦 著 綾辻行人／伊坂幸太郎／小野不由美／米澤穂信 編　連城三紀彦 レジェンド2〈傑作ミステリー集〉
令丈ヒロ子 原作・文 吉田玲子 脚本　小説 若おかみは小学生！〈劇場版〉
渡辺淳一　失楽園(上)(下)
渡辺淳一　男と女
渡辺淳一　泪(なみだ)壺(つぼ)
渡辺淳一　秘すれば花
渡辺淳一　化粧(上)(下)
渡辺淳一　あじさい日記(上)(下)
渡辺淳一　熟年革命
渡辺淳一　幸せ上手
渡辺淳一　新装版 雲の階段(上)(下)

2020年3月15日現在